GEOGRAFÍA DE LA NOSTALGIA

ExLibric

MALENA SANCHO-MIÑANO BOTELLA

GEOGRAFÍA DE LA NOSTALGIA

EXLIBRIC

ANTEQUERA 2023

MALENA SANCHO-MIÑANO BOTELLA

GEOGRAFÍA DE LA NOSTALGIA

A Zuleja, Fatima, Mimona, Aicha, Tausa, Abida, Rabía;
a todas las mujeres musulmanas españolas
no reconocidas como tales, sin derechos ni papeles,
que sacaron adelante los hogares e hijos de tantas familias
en aquella pequeña ciudad,
a cambio de salarios irrisorios y trato pésimo.

A mi madre, a quien siempre añoré.
A mi hija Pilar, que me adivina.
A Miguel y Alma, mi familia.

Prólogo

Conocí a Malena en una charla que di sobre la mujer cerca de esa ciudad en la que ella residía. De allí surgió una amistad que se prolongó en la lejanía durante años. Para mi sorpresa, hace unos meses quiso compartir conmigo su deseo de escribir sobre una parte de su vida y de sus recuerdos.

Tiempo después llegó a mis manos su *Geografía de la nostalgia*. En cuanto la leí, comprendí el porqué de su deseo de escribir. Esta Malena «no tiene nombre de tango», como diría la recientemente desaparecida Almudena Grandes, que siempre estará entre nosotras. Sin embargo, al igual que Almudena recogió el sentir de un Madrid de posguerra, Malena, que ha vivido en un continente distinto, pero que es igualmente España, aunque con desigualdades y costumbres muy diferentes, recuerda con nostalgia la vivencia de esos contrastes.

Así es como nos presenta a Layla, una mujer que, sin tener nada, encierra una historia que oscila entre la tristeza y la esperanza; alguien que, necesitándolo todo, es capaz de desprenderse de lo poco que posee. Una de las muchas mujeres que, aún a día de hoy, son usadas y ultrajadas por un sector de la sociedad que, sin ningún tipo de escrúpulos, cree poder comprarlo todo, incluso algo tan valioso como la dignidad. Una mujer que, a pesar de tanta desdicha, tuvo la suerte de cruzarse con personas sensibles y sabias como Malena, a quien le enseña que la vida también tiene sombras con las que ella aún no había tenido que enfrentarse.

A lo largo de toda esta geografía, presenciamos como testigos una relación de amistad entre mujeres que, a pesar de pertenecer a clases sociales tan distintas, se solidarizan. Todo ello narrado con una precisión en la escritura y con una riqueza de lenguaje que dejarán impresionados a los lectores.

Presiento que Malena, aunque no tenga nombre de tango, va a entrar de lleno en nuestra literatura, no solo por este libro, sino por los que vendrán después, ya que sospecho que este título es el comienzo de una saga sobre lo sentido y lo recorrido en toda esa geografía en la que ha vivido y desarrollado sentimientos y experiencias, y también amores y desamores. La autora ha curado enfermos que, sin saberlo, la han curado a ella al descubrirle que su nostalgia es toda una riqueza de vida que no debe quedarse para ella, sino que compartirá con sus lectores en sus sucesivas novelas.

Confío en que toda la nostalgia que la autora acumula en estas páginas y en su corazón nos sirva de orientación para esa evolución positiva y necesaria que la sociedad tiene que seguir reclamando para las mujeres.

Para finalizar, solo puedo reiterarle a Malena que siga escribiendo, porque Layla nos ha abierto el camino a la curiosidad y a tus historias, y queremos seguir indagando en tus nostalgias.

Con todo mi afecto.

Cristina Almeida

Nota de la autora

Queda escrita

Una novela tiene que parecerse a una calle llena de desconocidos por la que pasean no más de dos o tres personajes a los que se conoce a fondo. Pretendo ser novelista; así es como me gustaría definirme, más que como escritora, aunque reconozco que el camino de aprendizaje es arduo. Me apasiona contar historias repletas de vida. Dibujar con palabras lo que me circunda es fantasear, me digo. Escribo desde mi centro interno, invento personajes con sus mundos, que me llegan y llenan a medida que ellos solos van formándose y emergiendo. Soy lo que llevo dentro.

Mi protagonista abarca muchos a la vez. Al final conseguí hacer de mi personaje una persona que en ocasiones incluso habla por mí. Estoy segura de que es mi propio subconsciente el encargado de elegir en mi novela a los distintos personajes que aparecen en unas situaciones concretas y no en otras.

Ha sido una gran experiencia escribir y concluir esta obra. La he sentido dentro de mí; he luchado, sufrido y llorado con ella. Sin duda, he aprendido cosas de mí que ignoraba y que, a estas alturas, sigo sin tener claras. Sí, mi novela creció conmigo, o yo crecí con ella.

Espero que *Geografía de la nostalgia* sea el final y el comienzo de un largo viaje, del que no me quiero alejar de aquí en adelante porque me es vital. Me refiero a la cautivadora hazaña de escribir. Dentro de mi yo aflora otro que solo despierta cuando buceo en la escritura (¡mi salvación!, me digo).

Eso es para mí la escritura, un sentimiento que me atrapó y se apoderó de mí en la lejanía y en la cercanía. Soy inmensamente rica, porque tengo la satisfacción de poder vivir muchas vidas, todas las que desee y me proponga. La mayoría de las veces, esta vida y la realidad misma ni me satisfacen ni me resultan suficientes. Por ello, necesito inventar, crear cosas para incorporarlas al mundo. Antes de enredarme en este universo la vida se me hacía larga. Ahora puedo visitar a todos mis muertos y sentir su proximidad, puedo transformar el pasado en presente, puedo rebuscar en la vida de mis personajes y pasear por sus lugares frecuentados.

A estas alturas, prefiero mil veces el amor mitificado, soñado, que el vivido; aquel que, sin tocarlo, siento en mis lecturas y en mis escritos. La noción del tiempo ya no me preocupa, porque puedo detenerlo si me lo propongo.

Al finalizar mi novela y despedirme de mi personaje, mi querida Layla, he sentido un hambre sorda en mi estómago. Me ha quedado su ausencia como un gran vacío. Esta es la soledad intensa y profunda que rodea a quienes crean y escriben, enfrentándose al pánico primerizo del folio en blanco para arañar en las miserias humanas: desgracia, rencor, vanidad, soberbia y miedo.

I

Cuando Layla llegó a la ciudad no sospechaba que iba a quedarse en ella hasta el final de sus días. La primera vez que la vi, tenía catorce años. Se las había ingeniado para burlar a la gendarmería y asentarse en territorio español. A pesar de que estaba sucia y ensombrecida, mordida por el sol rifeño, era guapa. Por aquellos años yo ya estaba aprendiendo a mirar y sin que me lo contara me di cuenta enseguida de todo lo que la obligó a huir. Tenías que fijarte muy bien en su cara para hallar algún vestigio de inocencia, debido a la miserable vida de hambruna, maltrato e incesto que sufrió por parte de su padre.

Pero si vivir era duro para ella, sobrevivir lo sería aún más. Yo notaba que se avergonzaba de aquella inmoralidad sufrida desde la cuna. Por la situación opresora y de inmundicia que padeció, se vio obligada a corromperse prematuramente. Sus caminos siempre estuvieron cercados, limitados. No quiero ni pensar en el asco que sentiría al tener que practicarles felaciones a hombres que podrían ser sus abuelos por cien miserables pesetas —y muchas veces por menos—.

Yo me daba cuenta de que, cuando terminaba de cumplir con algunos de sus denigrantes trabajos, se apresuraba a enjuagar bien su boca en la fuente del parque para luego venirse a saltar a la comba o jugar al escondite, pero nunca hablábamos de ello.

A veces Layla se me figuraba como una planta moribunda, que podría brotar infinidad de veces gracias a su fuerte raíz, pero que crecería torcida. Siempre andaba metida en todos los jaleos, e incluso se atrevía a poner orden en peleas espeluznantes. ¡En eso era tremenda! Con el paso de los años, nunca se cansó de intentar buscar su lugar en aquella mísera sociedad.

Recuerdo que a los pocos años de conocerla quedó embarazada en dos ocasiones. Nada más parir, le arrebataron a sus hijas. Ahora que yo también soy madre, soy aún más consciente de lo fuerte que tuvo que hacerse para poder soportar tanto desarraigo. En cuanto podía, se las ingeniaba para ir a visitarlas.

Layla era una mujer especial. Siempre encontraba la manera de sacarle punta al lápiz con el que iba escribiendo su vida. Por eso algunos la envidiaban y la tildaban de rara. Sin embargo, éramos muchos los que la estimábamos. No sabría explicar con exactitud por qué, pero tenía un don especial para meterse a la gente en sus bolsillos imaginarios. De hecho, era la única indigente a la que le permitían el paso en bares, comercios y otros lugares de reunión.

En ocasiones aparecía sucia y andrajosa. Otras veces nos sorprendía en mitad de un evento, vestida para la ocasión. Si eran las fiestas patronales, se colocaba una flor en su pelo rizado y se anudaba una blusa de lunares desteñida, que a saber dónde habría encontrado.

Sin duda, la calle fue siempre su territorio. La dominaba a la perfección. De hecho, solía recaudar sus buenas pesetas y alguna que otra consumición. Desde que apenas era una chiquilla, aprendió a disimular como nadie sus miserias. Quizá era eso lo que nos persuadía. Lo mismo entablaba conversación con un concejal de la ciudad que con el limpiabotas o el delincuente de turno.

Las monjas que cuidaban de sus hijas estaban deseando acogerla. Lo intentaron en multitud de ocasiones, pero ella, pasados dos o tres días, se marchaba. No soportaba el encierro ni las normas. Layla adoraba su libertad, quizá porque era lo único que poseía. Lo mismo entraba a rezar a la iglesia que a la mezquita. En eso coincidíamos, porque en alguna ocasión recuerdo que comentamos que ni Mahoma ni Cristo tenían el monopolio de Dios.

El tiempo le fue abriendo camino a la mujer en la que se convirtió —aún más guapa, si cabía, que la niña—, pero su obligado callejear por la vida fue mermando los encantos enterrados entre tanta mugre y tanta tristeza. Cuando se dejaba, la comunidad musulmana se hacía cargo de su higiene y la llevaban al *hammam*[1]. Entonces su belleza se acentuaba, aunque aquel brillo apenas le acompañaría durante unos días.

Como auténtica bereber que era, sus ojos profundos, color azabache, resaltaban aún más cuando los pintaba con *khol,* un cosmético natural elaborado con hojas de plantas secas y minerales, de color negro intenso. Layla nos contaba que, desde que era un bebé, su madre se los pintaba para protegerla del mal de ojo.

Hiciera lo que hiciera, siempre te sacaba una sonrisa. Podías toparte con ella en cualquier esquina, entonando desde alguna copla árabe hasta el último éxito de Manolo Escobar. Sin embargo, en otras ocasiones aparecía con la cara amoratada, cojeando, dolorida tras largas noches de vagabundeo y fatalidad, y se te partía el alma al verla. ¡Pobre ilusa! Cuando se

---

[1]   Baños árabes.

sentaba con nosotras en el banco del parque, solía contarnos que tenía una tía en Barcelona y fantaseaba con la idea de que muy pronto se reuniría con ella y se llevaría a sus hijas.

Con los años, los signos de fatiga la fueron rondando como buitres carroñeros. Corrían tiempos de mili y Layla era como *La Madelon* de todos los ejércitos. Soportando las penurias más inimaginables, hacía sus buenas cajas.

A pesar de que se le notaba abatida, ella siempre arriesgaba. Vivía cada día como si fuera el último. A veces su rostro parecía demasiado joven y al mismo tiempo demasiado viejo para su edad. Por su mirada perdida, parecía que se hubiese quedado atrapada en mitad de aquel deterioro acelerado.

La muerte nunca sería peor que el vil desgarro que sufrió cuando le arrebataron a sus hijas. Aunque su existencia fuera un bucle de fatalidades, la única cosa que la vida no le podría quitar sería morir en paz, pensaba Layla aliviada.

II

Recuerdo que a Layla le gustaban mucho los pasteles. Era tan golosa que podía pasarse horas con la nariz aplastada contra el escaparate de la pastelería ubicada en la avenida principal de la ciudad. Si se lo hubieran permitido, estoy segura de que habría arrasado con todo el mostrador de dulces. Pero ella aprendió a esperar para obtener su recompensa, ya que al final de la jornada el dueño salía con una buena caja, surtida con los restos del día: macetas y pollitos de merengue, submarinos de hojaldre rellenos de crema y milhojas de nata. Entonces Layla se olvidaba del mundo, buscaba un banco en el que sentarse y los devoraba. Si cierro los ojos, aún puedo ver sus mofletes, hinchados de todo cuanto engullía de una vez, y cómo su cara y manos, pringadas de merengue, resaltaban en su piel morena.

Con ella aprendí pronto que, cuando careces de todo y tu alma está ubicada en el fondo de tu bolsillo, lo que puedan ofrecerte, incluso las sobras, se recibe como gloria caída del cielo. Ya lo dijo Epicuro: «El que no sabe contentarse con poco no sabrá contentarse nunca con nada». Los que viven al día no conocen la previsión. Las perspectivas solo les sirven a unos pocos afortunados.

Una vez satisfecha y saciada, volvía a su diario deambular. De repente su rostro volvía a cambiar, tornándose gelatinoso, quebradizo. Si te fijabas bien, tropezabas enseguida con aquel rictus suyo de desamparo. Después de su atracón de azúcar, ponía rumbo a la plaza principal, desde donde se podía divisar el esplendoroso edificio *art déco* del ayuntamiento y el casino militar, ubicado junto al también majestuoso Banco de España. El casino militar, de estilo neoclásico, se vio afectado por uno de los muchos terremotos en el mar de Alborán. Todos en armonía formaban el gran ensanche modernista de la ciudad. Recuerdo con nitidez la plaza de España. Era de forma circular y los coches transitaban constantemente alrededor de la misma.

Layla, que tenía que trabajar en lo que se terciara, a menudo se ponía allí como reclamo a parar coches, acordaba los precios por sus servicios y se subía en ellos en dirección a su destino vejatorio. Era evidente que el dinero que recaudaba por ello no le hacía feliz, pero por un tiempo corto le permitía cubrir sus necesidades básicas. Entonces era joven y creía que lo sería para siempre. A veces se le veía tan fuerte e indestructible como las flores que echan raíces en las grietas de los muros de los cementerios. Vivir en la calle, pasar las noches y los días vagabundeando y callejeando, sin futuro ni lugar donde poder descansar, tenía que ser agotador.

A veces te podías topar con ella en cualquier lugar de la ciudad. Todavía puedo verla sentada, despatarrada, abatida. Con lo joven que era, algunos días parecía una vieja loca. Creo que buceaba en su pasado y hablaba con los suyos, sobre todo con su madre, a quien tanto quería y a la que no volvería a ver nunca más. Envuelta en su siniestro escenario de pesadillas diarias, de relieves sinuosos, llenos de escombros de soledad amontonados, sobrevivía sin saber qué hacer con ellos ni hacia dónde poner rumbo de nuevo.

La mala vida la perseguiría siempre. No tuvo suerte en la lotería de la ruleta de la existencia. Para subsistir tenía que hacer de tripas corazón, ahí no había quien le ganara. Era una víctima más de la miseria en todas sus manifestaciones, aquella que la sociedad tolera, mirando hacia otro lado, incluso asumiendo su naturalidad dentro del panorama de la civilización.

Layla era denigrada al antojo de todos. Como si de un bufón se tratara, la usaban para risas y burlas, como cuando le ofreces una salchicha a un perro para que te obedezca. Era muy común que los grupos de pandilleros se detuvieran para mofarse de ella a cambio de unos míseros duros. Temerosa, obedecía para no contradecirlos y ser aceptada, porque sabía que la partida estaba perdida de antemano. Ante estos seres perversos, ignorantes de espíritu arrastrado, ella siempre imploraba perdón, aun sin haber cometido ninguna falta.

A veces, cuando nos encontraba sentadas en el banco del parque, nos acompañaba un rato. Era muy divertida y ocurrente. Recuerdo sus habilidosas gesticulaciones de manos, sus sonidos guturales estridentes en diferentes lenguas, cuando mezclaba el *amazigh* con palabras españolas.

Yo notaba que disfrutaba mucho cuando nos hablaba de su madre. Nos la describía detalladamente. Mientras lo hacía, sus ojos, que solían estar apagados y tristes, se iluminaban al recordarla, dando paso a esos ojos negros, grandes y profundos de mujer bereber. En una ocasión nos contó que la cara de su madre se caracterizaba por tener muchos tatuajes de tinta azul que la protegían de los espíritus malignos. En sus brazos y piernas también se distinguían dibujos. Eran una especie de talismanes protectores. Entre las cejas y en la parte inferior del mentón, los dibujos tatuados simulaban como una especie de palmera con todas sus ramas.

A sus ojos, su madre era la más bella del poblado, pero tenía la espalda quebrada y las manos rotas de tanto acarrear agua del pozo. Se llamaba Fatima y era menuda de cuerpo y de cara, pese a lo cual tenía mucha fuerza. Llevaba unas larguísimas trenzas, que nunca cortó porque, según sus costumbres y su religión, cortarse el pelo se consideraba pecado. Como le arrastraban por el suelo, las recogía alrededor de su cabeza. El trenzado acababa en la parte superior de la misma, donde las anudaba a modo de *roete,* que decoraba con pañuelos de colores llamativos.

Las manos y los pies de su madre estaban teñidos de henna, al igual que el profeta Mahoma teñía su barba, con la intención de llamar a la fortuna. Yo percibía que Layla no podía ocultar su alegría cuando evocaba a su madre, hasta que de pronto ponía freno a su relato descriptivo. Entonces su mirada se quedaba fija en algún punto concreto y a los pocos segundos, abrumada de tantas añoranzas, cambiaba de tema. Ella sabía que la pena de amor que sentía hacia su madre no sanaría jamás. Su dolor le roía el alma. Tan solo tenía que cerrar los ojos para verla en cualquier circunstancia: labrando su diminuto huerto, amasando el pan o cuidando de sus escuálidas cabras. Ahora entiendo que cuando uno sufre recordando su pasado lo mejor es seguir adelante, sin mirar hacia atrás.

Layla se regalaba cosas a sí misma, propiciándose ratitos de felicidad que fabricaba a su antojo, inventándose su mundo imaginario. Aunque no había tenido la oportunidad de estudiar, era muy ingeniosa. Todo lo había aprendido en la escuela de la vida. Por aquel entonces tendría nuestra edad, una niña con un pie en la adolescencia, con sentimientos idénticos a los míos.

Sin embargo, debido al infierno en el que le tocó vivir, nos separaba un abismo. La nuestra, en cambio, era una existencia confortable, sin grandes sobresaltos.

Yo siempre fui muy observadora y cuando veía que Layla se levantaba del banco apresuradamente sabía que era por alguna razón de peso. Siempre se disculpaba con alguna excusa absurda y se dirigía hacia alguno de aquellos verdugos sin escrúpulos que la requerían. Recuerdo sobre todo a uno de ellos. Era un hombre mayor, que bien podría ser su abuelo. Hablaban unos instantes, acordaban servicios y tarifas y desaparecían, dirigiéndose a cualquier rincón oculto de aquel majestuoso parque que tantos secretos albergaría y que, sin yo saberlo entonces, sería testigo de casi toda mi vida. En él quedó la impronta de mi niñez y adolescencia, e incluso la de mi etapa maternal, pues serían aquellos jardines por donde, muchos años después, pasearía a mi hija.

Para mí, aquel era el mejor rincón del mundo, nada tenía que envidiar a ningún otro. En él me crie, allí di mis primeros pasos y se fue forjando mi carácter. Todavía hoy lo visito y recurro a él para librarme de mis batallas existenciales. Recorro el paseo de los enamorados, con sus fragancias, donde entonces se podía escuchar la cadencia del agua de sus múltiples fuentes, como si de una melodía se tratara. Allí me encontraba con parejitas incipientes en el arte del amor, sentadas en los bancos, embelesadas con sus arrumacos, caricias y besos, jurándose amor eterno. A ratos jugábamos a incomodarles y nos escondíamos para lanzarles rascamoños entre risas y peripecias. Eran gamberradas de la edad, aunque, de lo entregados que estaban a sus abrazos, ni cuenta se daban.

También solíamos jugar a quitarles las gorras a los soldados y a salir pitando antes de que nos alcanzaran. A los pocos segundos, en mitad de nuestras carreras, distinguíamos a lo lejos la figura del señor Luis, un hombre de autoridad ejemplar. Iba siempre uniformado. Era corpulento y barrigón y tenía un bigote muy pronunciado. Recuerdo que, junto con su compañero de turno, el señor Cazorla, con su nariz prominente y violácea, nos infundía un gran respeto. Cuando estaban ellos de ronda, se cumplían todas las normas, con orden y disciplina férrea.

Si cierro los ojos, enseguida acude a mi memoria la esquina en la que la Pepa desplegaba su espléndido carrillo con una gran diversidad de chucherías: los famosos chicles Nina, de los que lo que menos importaba era el contenido, sino los cromos coleccionables para rellenar el álbum; los chicles Bazoca, durísimos de masticar, con los que podías hacer globos grandes y resistentes; los chupachups de silbato; las ristras de los famosos Cachondeos, que costaban una peseta y que más de un dedo chamuscaron; o las chufas en remojo, que tan dulces estaban.

Algunas tardes cruzábamos la calle Marina para comprarnos polos de fresa, con el fin de pintar nuestros labios, en compañía de mi inseparable hermana, con la que jugábamos a ser mayores. Pero el timón de aquel parque lo manejaba el señor Manolo —así era como lo llamábamos los niños de la época—. Era un hombre alto, corpulento, fuerte, que siempre mantenía un palillo entre sus dientes. Con aquellas zancadas amplias, apoyado en su bastón, nos parecía un gigante torpe cuando salía corriendo para llamar la atención a cualquier niño que cometiera alguna falta. El señor Manolo era toda una institución en la ciudad y cuidaba de aquellos columpios de hierro como si fueran de su propiedad. Detrás de la verja nos encontrábamos con nuestro amigo Hamed, el barquillero. En su puesto había colocado una ruleta giratoria que accionábamos para ver el número de barquillos que ganábamos. Estaban deliciosos y crujientes y te dejaban en la boca un suave sabor a canela.

Uno de los días grandes en nuestro parque era el de la celebrada festividad musulmana del borrego. Recuerdo que entonces en el parque no cabía ni un alfiler. Todos los musulmanes de la época lo ocupaban. Iban vestidos muy elegantes, estrenando ropa. Nos llamaba la atención el llamativo colorido de sus vestimentas.

Cada domingo, en sus jardines se podía disfrutar de música en directo. La orquesta se colocaba en el templete alto del paseo y te deleitaba con sus piezas musicales mientras las madres, las tatas y las familias que acudían con sus niños disfrutaban de la velada. Me vienen a la memoria aquellas cancioncillas de las niñas mientras saltaban a la comba y las rabietas de los bebés mientras los guardias hacían su ronda, de extremo a extremo, para que todo estuviera en orden.

Sin duda, en aquel tiempo, el entonces Parque Hernández estaba vivo. Terminó siendo uno de los puntos neurálgicos de reunión. En él aparecían personajes muy peculiares, procedentes del país vecino o de la misma ciudad. Todavía, muchos años después, recordar a algunos de aquellos personajes me sigue sacando alguna carcajada. Había un muchacho que se llamaba Hassan y era un seguidor incondicional de Manolo Escobar. Si lo pillabas de buenas, te interpretaba un amplio repertorio de sus canciones en tono humorístico. Luego extendía la mano, esperando su recompensa.

Otro personaje peculiar en aquella época era una mujer trastornada, que estaba convencida de que era hija del rey Juan Carlos y lo iba gritando a los cuatro vientos. También había otro, Mimón se llamaba, que iba de intelectual y te recitaba versos de su propia cosecha. De pronto se te acercaba al banco y te susurraba: «Marisol, ¿estás tomando el sol?». Con él la carcajada estaba siempre garantizada.

De todas estas historias y de muchas más era testigo silencioso aquel edén de mi infancia y mi juventud.

III

Layla no nació de pie, y mucho menos con un pan debajo del brazo. Pasaba tanta hambre que había días que no tenía bocado alguno que llevarse a la boca. En aquellos momentos de desesperación, su madre salía al campo con ella a rebuscar hierbas. Cuando recolectaban una cantidad considerable, volvían a casa para hervirlas y calmar con algo caliente sus estómagos vacíos mientras su padre, que acostumbraba a desaparecer de casa durante varios días, se quedaba durmiendo la borrachera de la noche anterior. Era un ser egoísta que solo atendía a sus deseos y se despreocupaba de su familia. Sabía que no hallaría problema a la hora de alimentarse, pues solo tenía que acudir al cafetín para comer hasta reventar y conseguir mujeres y alcohol después de una tunda de cartas. Aparte de ser muy hábil con ellas, era un maestro haciendo trampas.

En el poblado de su infancia, el día a día de Layla con sus hermanos y su madre transcurría con serenidad y calma cuando su padre no estaba en casa. Le gustaba jugar con sus vecinas de puerta. Saltaban a la comba, cantaban y bailaban armando un gran alboroto. Sus hermanos, cuando no tenían que acudir al zoco a vender, se las ingeniaban para fabricarse una pelota con trapos.

Recuerdo que me contó que la casa que habitaban era tan pobre que rozaba lo miserable. Carecían de agua corriente, por lo que no se libraban del esfuerzo diario de tener que acarrearla. Tampoco tenían electricidad. Se alumbraban con velas y candiles y cocinaban con leña que sus hermanos recogían con el burro.

Aun en esas condiciones, los veranos eran más agradables porque hacían vida en el patio, e incluso dormían al raso por la noche. Lo peor era cuando llegaba el invierno con sus lluvias torrenciales. La casa tenía tantas goteras que todas las habitaciones se llenaban de cubetas y palanganas, ya que, como ella me contaba, los rincones secos escaseaban. El frío y la humedad se les metían a todos en los huesos. Ibrahim, su hermano pequeño, era asmático y en esa estación empeoraba su dificultad respiratoria.

Aquella zona del Rif era tan deprimida que era habitual encontrarte a los chavales rebuscando entre los cubos de basura algún bocado que echarse al estómago. Incluso aquello era difícil, porque la propia basura escaseaba, ya que en aquellos barrios solo tiraban lo que carecía de valor. «Basura que no se vende, basura que no se come», podría haber sido el lema de aquellos momentos.

Era muy frecuente ver a jóvenes harapientos, llenos de mugre y enajenados rondando por los cafetines, esperando a que los clientes se levantaran de las mesas para rebañar las sobras de los platos y vasos antes de que acudiera el camarero y la emprendiera a golpes con ellos. También era muy común encontrarte con mendigos tirados por el suelo, mostrándote sus malformaciones —muñones, cuerpos quemados y ulcerados— como reclamo; a madres dando de mamar a bebés desnutridos sin la más mínima higiene, con las moscas rondando sus caritas; o a niños descalzos, andrajosos y famélicos correteando alrededor de su madre, peleándose por agarrar unas monedas, que algunos arrojaban al aire con arrogancia.

Todavía puedo cerrar los ojos y oír los gritos de Mustafa («¡yo soy el hijo de Hassan II!»), y ya me parece que tarda en llegar a esta aglomerada plaza bulliciosa. Mustafa era un jovencito muy conocido que perdió muy pronto la cordura. Era muy escandaloso, pero no le hacía mal a nadie. Su malestar y su insatisfacción destrozaron sus nervios. En otros tiempos había sido un niño aplicado y estudioso. Su pobre padre era un hombre de Dios y sufría mucho por él en aquellos trayectos de ida y vuelta de su casa a la mezquita. Cuando Mustafa no estaba alterado, su compañía era muy agradable. Recuerdo bien sus bromas y sus teorías sobre cómo arreglar el mundo. Reconozco que algunas eran interesantes y divertidas. Sin embargo, de repente se dirigía con rapidez al centro de la plaza, donde más pegaba el sol, y se tumbaba en el suelo, quitándose la camiseta, gritando algarabías de las suyas.

Todo se aprovechaba en aquella zona norte del Rif. Cualquier cosa que tirasen en cualquier esquina de la calle era recogida con rapidez para reciclarla y darle un nuevo uso. Era muy común ver pasar hombres por las fronteras con aquellas viejas bicicletas a las que les hacían tantos kilómetros. Aquel era su único medio de transporte y su herramienta más valiosa para poder buscarse la vida. Siempre me llamaron mucho la atención. Para lograr soportar sobre sus dos ruedas aquellas cargas tan desorbitadas, tenían que ser auténticos equilibristas. Recuerdo haberles visto acarrear cosas inimaginables: neveras, cocinas, dormitorios completos. ¡Era una auténtica barbaridad lo que podían llegar a soportar aquellos cuerpos ágiles, delgados pero consistentes!

Todo lo que a los privilegiados del otro lado de la frontera nos sobraba era aprovechado por nuestros vecinos. Si bajabas una lámpara que ya no querías, pasados ni dos minutos ya se la habían llevado. «¡Hay gente que tira todo a la basura, hasta sus problemas!», decía Abdelkader, el de la bicicleta BH amarilla. Una bicicleta que, por cierto, se encontró arrumbada, entre despojos, junto a un contenedor y que su cuñado Mimón, que tenía un pequeño taller en Beni Enzar, le arregló tan bien que resultó ser la envidia entre todo su gremio.

Al trazar estas pinceladas de recuerdos es cuando creo que el mundo no va como debería ir. Siempre he pensado que el sol se pone cuando más se le necesita. El paisaje de mi ciudad, la tiranía, la miseria, la sumisión de los desfavorecidos, la tristeza de sus caras, el hambre, la indigencia y la soledad desgarradoras. Todos aquellos recuerdos me tocarían el corazón de por vida. Por eso detesto esta nostalgia, que lo conserva todo de forma borrosa y desteñida.

IV

Todos los finales de mayo, en mi ciudad se celebraba a lo grande la festividad de las fuerzas armadas. La celebración podía extenderse una semana, durante la que tenían lugar exposiciones de armamento y material bélico, conferencias y desfiles acompañados por grandes altavoces por los que sonaba todo tipo de música marcial. El colofón sería el gran desfile, donde todos los regimientos de los distintos cuerpos lucían sus mejores galas y exhibían su preparación bélica, su marcialidad y ese ardor guerrero que, con tanta ovación, esperaba una gran parte de la población. Uno de los desfiles más esperados era el de la Legión, con sus ciento ochenta pasos por minuto, en el que el clamor y la efervescencia estaban servidos y se vitoreaba, nunca mejor dicho, a bombo y platillo.

Creo que era en mi ciudad donde esta festividad se celebraba más que en ninguna otra de la península, quizá por aquellas improntas fraguadas y mantenidas y por la sucesión de guerras acontecidas. Lo más curioso es que hoy en día sigue exhibiéndose la misma puesta en escena. Pueden variar los personajes, los mandos, que cada cuatro o cinco años son reemplazados por otros idénticos a los anteriores. Esos que en un principio llegan temerosos, pero que, pasados los años, se agarran como lapas al poder.

Desde que tengo uso de razón, no puedo evitar contemplar esta pantomima como quien asiste a un espectáculo decadente y obsoleto para los tiempos que corren. Me pregunto si la profesión militar se limita a estos desfiles que, año tras año, entorpecen el ritmo de la ciudad, sin variar en absoluto. ¿Para eso sirven tantos años de estudio en las academias? Reconozco que lo que aquí sucede es atípico, que aún flotan algunos efluvios de un tiempo pasado que resultó ser glorioso para unos cuantos guerreros, que tratan de mantenerlos a toda costa pese a que sean decadentes y estén obsoletos.

Como no podía ser de otra forma, entre toda aquella multitud frenética, vitoreando himnos y propinando aplausos y gritos, se hallaba en primera fila mi querida amiga Layla, vestida y engalanada como solo ella sabía hacerlo y aclamando el gran desfile con su banderita en mano. Sin duda, llegaba a ser tan protagonista como la Legión, porque allí donde ella se encontrara la diversión estaba garantizada. Cuando desplegaba su ingeniosidad, armaba tales revuelos que terminaba metiéndose al público en el bolsillo.

A su paso, gritaba como una loca a todos los soldados, incluso a algunos conocidos los llamaba por su nombre. Clamaba el «¡viva España!» mientras aplaudía con fuerza, ya que se sentía tan integrada en la ciudad norteafricana como cualquier otro ciudadano, a pesar de que sus limitaciones de vida distaban mucho de las del resto.

Allá donde hubiera una fiesta, estaba ella. La música le fascinaba, incluso la de las bandas militares. Sin el más mínimo pudor, en mitad de tal ovación se atrevía a mezclar aquellos ritmos marciales con sus bailes raciales. Parecía entrar en trance, como si la música la poseyera. Entonces anudaba un pañuelo a la altura de sus caderas y apretándolo con fuerza comenzaba a bailar con aquella gracia y aquel ritmo tan peculiar que la caracterizaban. Sin apenas darse cuenta, se convertía en el centro de atención. La gente se colocaba en círculo, alrededor de ella, y todos estaban más pendientes a sus bailes que al propio desfile. No me cansaré de decir que era única. Pese a llevar una vida miserable, Layla la disfrutaba y no dejaba de fantasear despierta.

Con tanta entrega y esfuerzo, enseguida se echaba a sudar. Cuando acababa su danza, le llovían monedas e incluso algún que otro billete de cien pesetas, que ella agradecía siempre con humildad. ¡Desde luego, era toda una titiritera!

Durante algún tiempo, empecé a ver a Layla muy bien acompañada, paseando de la mano de un chico bien parecido. Después de llevar tanto tiempo deambulando en soledad, a mí me alegraba verla en tan buena compañía. Uno de los días que nos encontramos me presentó a su acompañante. Se trataba de un chico de la calle que, como ella, también aterrizó en la ciudad procedente del país vecino. Recuerdo que se llamaba Guage. Si tuviera que destacar algo en él, serían sus enormes ojos verdes y su mirada ingenua y generosa, sin resquicio de maldad alguna. Pese a su miserable situación, siempre se le veía alegre, cantando por lo bajo cancioncillas morunas mezcladas con algún éxito español de la época.

Su cara era plácida y en mitad de ella destacaban aquellos grandes dientes que asomaban en cada carcajada, dejando ver su campanilla. Tenía el cuerpo algo deforme y aquello lo hacía aún más entrañable. Con su peculiar andar patizambo y sus rótulas encontradas, arrastraba los pies. Comparados con su diminuto cuerpo, sus brazos eran excesivamente largos, tanto que daba la sensación de que al caminar podía tocar con ellos el suelo.

Al igual que Layla, Guage era único y genuino. Muchas veces lo recuerdo sentado en un banco del parque, con su sonrisa
perenne. Cuando faltábamos a clase, nos deleitaba con aquel
repertorio suyo de canciones. Ambos eran seres entrañables, de
esos que siempre guardas en tu corazón y en tu memoria. No
sé qué fue de él, ni si vivirá aún, pero allá donde esté vayan mi
recuerdo, gratitud y homenaje. Me alegraba verles a los dos, uno
al lado del otro, envueltos en sus disparatadas conversaciones.
Sus gesticulaciones podían distinguirse a lo lejos y era difícil
averiguar si conversaban o discutían.

Pese a su forma de vida, Layla le tenía un miedo espan-
toso a la soledad. Debido al malvado padre que le tocó, sentía
pánico hacia los hombres desde su niñez. Quizá por eso le
gustaba sentirse acompañada, pasar la noche al lado de un
ser vivo. Daba igual que fuera hombre, mujer, planta o perro.
Necesitaba de aquella seguridad que le proporcionaba poder
dormir y despertar junto a alguien. ¿Y con quién mejor que
con Guage, su reciente y fiel compañero?

V

Cuando atravieso la calle Ramiro de Maeztu, veo sobresalir la majestuosa fachada del que fue mi primer y único colegio. Destaca por su arquitectura modernista. Lo construyeron en 1913 y de su fachada cuelgan espectaculares adornos neogóticos. Desde lejos se asemeja a una tarta de nata, decorada con mucho esmero por un buen confitero, hábil con su manga pastelera.

Todo esto que menciono lo sé ahora, ¡claro está! En aquellos tiempos me fijaba en otras cosas. Los recuerdos son ráfagas que vienen a mi memoria mientras espero a que el semáforo cambie de color. Ese preciso instante basta para que mi mente retroceda en el tiempo y vuele. Alzo mi mirada y la fijo justo allí, en el tercer piso, en la segunda ventana, mi clase. A través de ella miraría cuando trataba de resolver aquella complicada división, como pidiendo soluciones. Era el colegio más elitista de mi ciudad. Ahora sé que el acceso a él era muy restringido y también entiendo que, en aquellos tiempos que transitaban, era muy clasista.

En un módulo apartado de todas nosotras existía un gremio de niñas: las inclusas. Mientras que mi babero era de color rosa, con mi nombre bordado por alguna monja de clausura, ellas llevaban una especie de bata espantosa, de color gris oscuro, para ser diferenciadas. Todas lucían el mismo corte de pelo, muy corto y sin estilo alguno, como si fueran chavales. Por supuesto, tenían prohibido acercarse a nosotras. No podíamos establecer ningún tipo de relación.

Se trataba de un colegio de monjas, El Sagrario, así se llamaba, y estaba dirigido por una congregación de hermanas franciscanas. Recuerdo que nada más entrar al colegio formábamos filas en el patio, con mucha disciplina y alineación. A continuación escogían a dos alumnas para extender la bandera del águila de San Juan, símbolo que tomó prestado el excelentísimo, para acto seguido escuchar el himno nacional y después los rezos pertinentes. Una vez realizada esta tradición implantada, se rompía el silencio y subíamos a nuestras clases.

Todo lo mencionado anteriormente era la pura realidad. Hoy no lo habría soportado, pero debo ser honesta y confesar que guardo con mucho cariño todos aquellos años vividos. Lo único que llevaba mal era que no me dejaran jugar con las niñas del babi gris. Ellas me atraían más que las de mi condición.

Muchos días llegaba a casa y enfadada le recriminaba a mi madre que la hermana Virtudes me regañaba cuando hacía tentativa de acercarme a alguna de ellas. Sobre todo recuerdo a Macu. Era huérfana de madre y su padre, un humilde pescador, no podía hacerse cargo de ella, así que la tuvo que dejar allí. Macu cantaba como los ángeles. Mi madre me abrazada y me decía: «¡Invítala a casa a merendar!». Sería ella la encargada de llamar a la madre superiora para que le permitieran venir a casa en varias ocasiones.

Yo estaba muy encariñada con la hermana Asunción. Era una monja regordeta y bajita. Llevaba unas gafas más bien pequeñas y cuando se acercaba a ti te miraba por encima de ellas. Siempre andaba riendo, con muy buen humor, gastando bromas y era muy dispuesta para todo. Sin embargo, con la hermana Rosa hacía lo imposible por no tropezarme, porque se me figuraba como el mismísimo Lucifer. Cuando me cruzaba con ella, me invadía una ola de pánico que recorría todo mi cuerpo. Tenía la cara llena de repulsivos forúnculos purulentos y su semblante era aterrador. Estaba siempre amargada, como si la hubieran bautizado con vinagre. Además, a su paso, sus hábitos desprendían un tufo hediondo que perduraba flotando en el aire mucho tiempo.

Mi compañera de banca era Auxi, una niña buena y muy graciosa. Sor Beatriz siempre la estaba castigando porque no paraba de hablar. Justo delante de nosotras se encontraba Pura, que no se relacionaba con nadie. A su corta edad, parecía una vieja. No llevaba buenas intenciones y si te podía fastidiar se apresuraba a hacerlo. Era feísima. La recuerdo con dos trenzas gordas, como el estropajo antiguo de esparto. Usaba gafas y uno de los cristales lo llevaba tapado, lo que la hacía aún más espantosa. Nunca te prestaba nada, era huraña y avariciosa, no tenía competencia. En los exámenes, si sabía el resultado de alguna pregunta, desplegaba su enorme cuerpo y sus brazos sobre su pupitre para que nadie la pudiera copiar.

También recuerdo con cariño a la señorita Lucía, que impartía expresión corporal, baile, canto y teatro. Sus clases me apasionaban. Aprendíamos mucho con ella porque, además de buena docente, era muy perfeccionista impartiendo su materia.

Cuando llegaban las Navidades, cantábamos y bailábamos villancicos, entre otras muchas más actividades que preparábamos. Yo me apuntaba a casi todas. Disfrutaba mucho cuando me subía al escenario: el ruido de las tablas, el descorrer de cortinas, el instante previo a la escena con ese revoloteo de mariposas en la barriga, el silencio respetuoso del público, descubrir a mi familia en la segunda fila. Y lo mejor de todo: el aplauso ensordecedor cuando finalizábamos. ¡Me encantaba saludar viendo caer el telón!

¡Y cómo olvidar el olor a la goma de borrar! Lo último eran aquellas de olor a nata, que, aunque borraban mal, no podías evitar tenerlas todo el tiempo pegadas en tu nariz. Luego estaban aquellos estuches de madera de diferentes pisos y compartimentos. El hecho de abrirlo y de buscar aquel utensilio que precisabas se convertía en todo un placer. Más adelante vendría la caja de los compases, que significaba que ya ibas siendo alguien respetable.

El sonido de aquel timbre, que irrumpía cuando menos te lo esperabas, pero que siempre era recibido con alegría y alboroto, anunciaba el momento de salir al recreo con tu bocadillo en mano. La mayoría de las veces era una sorpresa, porque nunca sabías de qué te lo habían rellenado aquel día. Recuerdo aquel gesto de compartirlo con las compañeras, delimitando con el dedito el espacio marcado para que el bocado no fuera excesivo; el correr de aquí para allá extenuadas, sofocadas, sin fin ni cansancio; las palmetadas, los juegos de elástico, de combas o el *ziriguizo* (así era como llamábamos allí a la rayuela).

Me hizo muy feliz hacer la comunión y poder disfrutar de tantos meses de catequesis, rodeada de mis compañeras, fuera de las clases aburridas. Fue la hermana Asunción la encargada de prepararnos, con miles de ensayos previos, para que aquel día tan importante saliera todo a la perfección.

Otro acontecimiento que me fascinaba era el Día de la Banderita. Salíamos a postular de dos en dos, con nuestro brazalete identificativo de una cruz roja en el brazo y bien uniformadas. Lo que más me gustaba era ver a mi madre sentada en la mesa principal de la avenida, colaborando con aquella causa. Allí acudía la banda militar de la comandancia a deleitarnos con aquellas piezas musicales tan alegres. Recuerdo que recaudábamos un buen dinero. El público era receptivo y cada uno daba lo que podía. También postulábamos en el día del Domund. Nos entregaban unas huchas muy graciosas. Eran una especie de bustos que representaban cabezas de chinitos —con trenzas incluidas— o de negritos africanos de pelo rizado. Prefiero pensar que en aquella época no se especulaba con el poco o mucho dinero recaudado.

Si me detengo a recordar, se me vienen a la cabeza momentos entrañables, un despliegue de sensaciones. Uno de ellos era el mes de mayo, con todos los preparativos que teníamos por delante para conmemorar el mes por excelencia de nuestra Virgen. Mayo era como la celebración del triunfo de la vida, que venía de la mano de la primavera.

Sin duda, recuperar estos vestigios de mi infancia y descubrir a la mujer en la que me he convertido me despierta una enorme ternura. Contemplar aquellos retratos de la niña, entre mis monjas y mis compañeras entrañables, me lleva a comprender que, con el paso de los años, el tiempo lo conserva todo, aunque algunas escenas se tornen descoloridas como en aquellas viejas fotografías.

VI

Como buena mediterránea, Layla era una contempladora de aquel mar, que fue testigo de su nacimiento y de todas sus penurias. Procuraba no perderse las puestas de sol, tampoco los amaneceres. Solíamos encontrarla muchas veces, antes de despuntar el día, merodeando por las playas y por los alrededores del puerto. Entablaba conversación con los pescadores del lugar, quienes, antes de salir a faenar, revisaban su material y reparaban los destrozos de sus redes.

Muy cerca de allí se encontraba la barriada de los pescadores y en sus alrededores las fábricas de conservas de pescado, especializadas en sardinas y anchoas. La mano de obra empleada estaba integrada en exclusividad por mujeres, la mayoría de origen musulmán. Recuerdo verlas esperar la llegada a puerto de los barcos, que eran recibidos por el revoloteo de las gaviotas de pico rojo, autóctonas de la ciudad. Todavía puedo oír aquellos graznidos característicos y visualizar cómo permanecían atentas ante cualquier descuido de los pescadores para hacerse con alguna pieza.

Solo si la captura había sido exitosa, los distintos saladeros tocaban la sirena para avisar de que había trabajo. Las empleadas cobraban alrededor de treinta o cuarenta pesetas por hora. En alguna ocasión Layla entró a faenar con ellos, pero, como ella era tan peculiar, cuando le parecía abandonaba su puesto y se despedía, por lo que en lo sucesivo no volvieron a aceptarla.

La razón no entraba en sus planes; por encima de todo, ella era muy pasional. En aquella vida que se construyó, sobrevivía como le daba la gana y como podía. Se encontraba inmersa en una especie de gracia descorazonada debido a su aturdimiento y a aquellas fantasías hiladas con prisa e improvisación.

Aquella barriada giraba en torno al mar. Cuando te adentrabas en ella, te embriagaba el olor a salitre y a ahumados de pescados, mezclado con todo el utillaje empleado, al gasoil de las embarcaciones y a los gatos que merodeaban al olor de las sardinas. Todo parecía preñado y bendecido por aquel Mediterráneo tan próspero y abundante.

Una de las hijas de Layla fue fruto de la relación que mantuvo con un joven marinero de Almería que pasaba la temporada de la sardina en la ciudad africana. Pienso que realmente se enamoró de él. Se la veía muy ilusionada. Esperaba su regreso a tierra a pie del barco, en pleno puerto. Se arreglaba para la ocasión, desplegando su lozanía y juventud. Paseaban juntos por la ciudad. Agarrada de su brazo, se sentía respetada, querida, amada y protegida como las mujeres con las que se cruzaba, paseando del brazo de sus parejas. Pero una vez más las cosas no le salieron bien. A su acompañante le esperaban mujer e hijos al otro lado de la orilla. Y cuando quedó de nuevo embarazada no se volvió a saber más de aquel individuo.

A primera hora de la mañana se podía ver a los coquineros, con sus rastrillos manuales de arrastre, realizando aquel movimiento tan peculiar, parecido al *twist,* que estaba tan de moda. Recuerdo que cuando nos bañábamos en aquella playa, en plena orilla, jugábamos a hurgar en la arena hasta que notábamos la protuberancia de aquellas coquinas gordas y resbaladizas que asomaban. Era una sensación muy placentera la que experimentábamos al encontrarlas, como si hallaras un pequeño tesoro. A veces yo metía alguna de ellas en mi boca y rompía su concha con mis dientes. Aquello era un manjar, como sentir que, de golpe, el mar estallaba en mi boca.

Si araño un poco la memoria, recuerdo con nitidez aquellas escenas. Era el comienzo de un verano espléndido, cálido, mediterráneo, africano, rifeño. Entre mis hermanas y mis amigas, charlando dentro del agua, podíamos llenar cubos y cubos de coquinas vivas, que luego llevaríamos a casa para cocinarlas.

Era una playa privada, cercada, la Hípica. A lo lejos había una larga alambrada de hierros oxidados que se adentraba en el mismo mar desde la lengua de arena fina que separaba dicha playa, reservada a oficiales y civiles pudientes, de la playa de los suboficiales, de la tropa y del resto de la población. Las lindes estaban bien delimitadas para que ningún despistado pisara aquel territorio exclusivo. Una vez más, el poder triunfal y férreo de los militares de aquella época se imponía en aquella playa militar, subyugando a los desprotegidos, a aquellos que no eran considerados de raza, como cuando las fieras orinan para marcar su territorio.

Tengo muchas anécdotas grabadas en mi cabeza. En una de ellas, a lo lejos contemplo a un morito despistado en calzoncillos desgastados. Lleva una bolsa negra, donde guarda sus escasas pertenencias. En un instante, salta la baja alambrada y rápidamente es interceptado y devuelto al otro lado. Es precisamente en esos momentos cuando dudo de mi fe y de los considerados poderosos. ¿Quiénes son ellos? ¿Qué se creerán?

De pronto el viento va rolando a poniente, va amainando el levante y el rugir de las olas va desapareciendo. Regresa la calma, el sosiego, y las familias comienzan a llegar a la playa. La bravura del mar desaparece y todo vuelve a la normalidad. El color del agua, que minutos antes era revuelto y grisáceo por el oleaje, se torna cristalino, turquesa, transparente. Unas pequeñas ondas devuelven el vaivén de las pequeñas olas que mueren en la orilla.

El vigilante de la playa privada, que es un soldado, el mismo que nos colocó el toldo familiar, hace el cambio de bandera, que ahora es de color verde. El sol africano brilla en todo su esplendor, calentando en exceso. En esos momentos siento que la felicidad carece de explicación. Solo sé que la noto en mi piel, que casi la puedo tocar con mis dedos.

Los moritos más atrevidos, curiosos por lo prohibido, con sus cuerpos delgados, de piernas largas y atléticas, usan sus calzoncillos como prenda de baño, resaltando su piel morena rifeña. Con sus amplias y rápidas zancadas, entre risas y carreras en zigzag, se burlan de los soldados, que no logran echarles el guante.

Ha llegado la hora del almuerzo. La playa abre siempre nuestro apetito y decidimos sacar las fiambreras. Hay una tortilla de patatas jugosa. Cuando cojo un trozo para llevármelo a la boca, el huevo gotea y resbala por mis dedos. También hay croquetas, filetes empanados, ensalada de pimientos y gazpacho. ¡Todo un festín! Una vez saciadas, nos tumbamos bajo el sol.

Guardo un grato recuerdo de la abundancia de pescado que había por aquellos entonces en mi ciudad, que poseía una de las mejores flotas pesqueras de la zona. Me encantaba ir con mi madre al Mercado Central y perderme entre aquel bullicio, envuelta por todos aquellos aromas: verduras, especias, pescados, carne. Aquel despliegue de colores, tumultos, gritos en español o *cherja* era un espectáculo para todos los sentidos.

Había puestos exclusivos de mariscos, en los que desatacaban los langostinos de la Mar Chica, entre otros muchos productos. El regateo era una norma instaurada y se me quedó inculcado de tal forma que en cualquier ciudad que me halle me sale por instinto. Mi madre siempre acudía al puesto de Sidi Mimón, como hiciera anteriormente mi abuela. Por aquel entonces era regentado por su padre, que lo instituyó como un negocio generacional.

Mi madre me explicaba, con mucho cariño y detenimiento, los diferentes tipos y nombres de los pescados y me enseñaba a distinguir si eran o no frescos. Yo atendía entusiasmada a sus explicaciones y cogía al vuelo todas las recetas. Acudir con ella al mercado era toda una aventura. La compra, acompañada con aquel té al que nos invitaba Sidi Mimón, transcurría de forma placentera y sin prisas. Me gustaba observar a mi madre en el manejo del regateo. Reconozco que era toda una experta. El primer precio, por supuesto, nunca lo aceptaba, y si la cosa se ponía muy fea hacía el ademán de enfadarse y marcharse. En ese momento era cuando Sidi Mimón aparecía en escena, corría a llamarla y acordaban el precio definitivo. Sin duda, ¡aquello era toda una representación teatral!

El día elegido para «la compra grande» era el sábado, que no había colegio. La ciudad se convertía en un escenario que acogía todo un espectáculo, un entresijo de razas en el que convivíamos fraternalmente. Al menos eso era lo que yo veía con mis ojos de niña. Cuando paseabas por la avenida principal, podías toparte con mujeres hindúes ataviadas con sus saris coloridos y brillantes. Acto seguido te encontrabas con musulmanas vestidas con chilabas, que sujetaban en su cabeza con algún artilugio camuflado. La gran mayoría cubría su rostro con un velo transparente, por el que asomaban aquellos ojazos bereberes pintados con *khol*. Las que estaban de luto vestían de color blanco. Como prenda de diario, llevaban unos zaragüelles, una especie de pantalones anchos con amplios bolsillos.

Las hebreas, en *sabbat*[2], paseaban con sus mejores galas, alardeando de su próspero bienestar. Eran judías sefardíes. Muchas de ellas eran bellísimas y a pesar de aquel clima tan cálido sacaban a pasear sus visones —¡antes muerta que sencilla!—.

Mi ciudad no se parecía a ninguna de las de la península. Tenía sus propias costumbres e incluso un sentido del humor que solo entendíamos los nacidos allí, con nuestros singulares códigos. Salir de ella suponía tener que cruzar el mar en barco, una aventura azarosa que no estaba al alcance de todos los bolsillos de la época. Todavía conservo recuerdos terroríficos de algunas de aquellas travesías en aquellos barcos de antaño, con temporales de levante bravío en pleno Estrecho. Era curioso observar a los mozos maleteros, que solían ser de etnia gitana, acarreando los bultos de los pasajeros hasta el mismo camarote, o la forma tan peculiar y rudimentaria de subir los coches al barco, envueltos en una especie de red que subían con una grúa. Y la esperada llegada a Málaga no tenía desperdicio. Nos despertaban con fuertes golpes en las puertas de los camarotes y gritando:

---

[2] Ritual de descanso semanal de los creyentes del judaísmo.

«¡Málaga, Málaga!». Aquella sensación de pisar la península solo la podían entender los nacidos en nuestra ciudad, al igual que la que experimentábamos a nuestro regreso a casa.

Hoy puedo afirmar que soy quien soy gracias a lo momentos vividos y a los recuerdos que se agolpan en mi mente. Viajar al pasado nos hace reconocer quiénes fuimos y averiguar en quiénes nos hemos convertido. Al final solo somos un conjunto de los fragmentos que consigue conservar la memoria.

VII

Las Navidades de 1969 serían unas fechas inolvidables. Aunque el clima no fuera el habitual —ya que nos encontrábamos en pleno continente africano y había gente que continuaba con sus baños en el mar—, se creaba el ambiente navideño. Las calles empezaban adornarse con motivos típicos de la temporada: luces, estrellas que brillaban, nacimientos y Papás Noel. Los villancicos, reiterativos, sonaban por todo el centro de la ciudad y el fantástico reloj de la plaza de España, que daba las en punto con la famosa canción de aquellos años *«Banderita, tú eres roja...»,* cambiaría su melodía por algunos de los villancicos de siempre.

Mis amigas y yo, que vivíamos en pleno centro, quedábamos con nuestras panderetas y zambombas para recorrer, cantando nuestro repertorio navideño, los distintos portales de los edificios vecinos y amenizar a las porteras de entonces, que fueron siempre tan cariñosas. De alguna manera, las homenajeábamos, porque llegábamos a establecer una relación entrañable y de absoluta confianza. A muchas de ellas las veíamos emocionarse en pleno portal y se agarraban a su mandil para limpiarse las lágrimas.

Mi portal lo regentaba la señora Dolores. Siempre fue una mujer pulcra, respetuosa y servicial. Tuvo la mala suerte de enviudar joven. Su Rafael —así era como ella se refería a su marido, con ese sentido tan suyo de la propiedad, aun después de muerto— la dejó desamparada y su vida ya no volvería a ser igual. Su difunto era acomodador de un cine. Solía desplazarse en bicicleta. Era un hombre alto y muy silencioso, al menos así lo recuerdo yo a mi corta edad.

Tuvieron un único hijo, que en el canal del parto sufrió una hipoxia que le dejó graves secuelas. El hijo fue creciendo hasta hacerse un hombre corpulento. Era desolador ver cómo aquel matrimonio, ya desgastado físicamente por la vida, manejaba aquel cuerpo muerto, rígido, con tanta dedicación a pesar de la amargura que les provocaría el estado de su Rafalito, por quien sentían un amor absoluto. Recuerdo que se pasaba las horas muertas aferrado a un manojo de llaves pesadas y antiguas. Aquel llavero era de su madre, que estaba a cargo de toda la vecindad del edificio y tenía copias de todos los pisos y cuartos.

El niño —así lo llamaba su madre, aunque ya era un hombre— emitía sonidos guturales y unos gritos ensordecedores que se escuchaban en toda la comunidad y a lo largo de toda la calle. Recuerdo que, cuando me dirigía mi casa y tenía que atravesar el portal, me apresuraba y subía los escalones de dos en dos porque los gritos de Rafalito me asustaban.

La vida de la señora Dolores siempre estuvo rodeada de lamentos, de angustia y de tener que apretarse demasiado el cinturón para lograr llegar a fin de mes, porque la enfermedad de su hijo precisaba de gastos excesivos. Trabajaba sin descanso en aquel edificio modernista, que contaba con seis pisos que ella fregaba, día tras día, hincada de rodillas. Mientras tanto, Rafael, su marido, se quedaba al cuidado del hijo, con su transistor inseparable y sus periódicos, hasta que comenzara el primer pase del cine.

Todas las tardes, con sus visillos recogidos para vigilar quién entraba y salía de su portería, Dolores echaba una cabezadita con la oreja pegada a la radio. Sin duda, la muerte repentina del único hombre que tuvo en su vida la dejó desolada. Recuerdo haberla visto llorar en multitud de ocasiones, pero, como tantas mujeres, ella no podía permitirse el lujo de entrar en una depresión, así que, una vez más, se arremangó para hacerle frente a la vida, cargando con la enorme responsabilidad que le suponía sacar adelante a su hijo enfermo.

Recuerdo que una de las mañanas que bajé deslizádome por aquella barandilla de madera tosca de caoba, labrada con dibujos de animales exóticos, al llegar a la altura de la portería me encontré a mi querida amiga Layla. Estaba sentada junto a Rafalito. Como siempre, me alegró verla en tan buenas manos, aunque no supiera con certeza cuánto tiempo duraría. Al igual que nosotros, Dolores sabía que Layla era una buena chica y le confió el cuidado de su hijo mientras ella hacía su trabajo en la vecindad. A cambio, Layla sería remunerada y estaría bajo techo. Al menos se quitaría de la calle durante las mañanas y en compañía de Rafalito disfrutaría, entre otras, de las imágenes de la llegada del hombre a la luna.

Dolores estaba muy contenta con los cuidados de Layla hacia su hijo. Nada más verla aparecer, al niño se le iluminaba la cara. Manifestaba su alegría con alborotos, movimientos incontrolados y gritos de satisfacción. Cuando la vida despertaba lentamente, Dolores se levantaba, se dirigía al retrato de su marido, lo apretaba contra su pecho y lo empañaba a besos. Le pedía que, desde allá donde estuviera, le enviara fuerzas para seguir con su lucha. Aquel simple gesto le alentaba a poder empezar su rutina. Mientras Rafalito dormía, le contaba en susurros las novedades y los avances mínimos de su hijo. También le hablaba de Layla.

Dolores sentía una gran tristeza por todo cuanto la rodeaba. Tenía ya esa edad en la que las alegrías —los pocos vestigios que le quedaban— habían perdido su novedad y se habían convertido en costumbres. Sufría por todo lo que le había faltado en su vida. En primer lugar, por su anhelada madre, a la que perdió siendo una niña y a quien recordaría todos los días de su vida. Luego, por el abandono de Granada, su ciudad natal, y del barrio que la vio nacer, el Realejo, al que jamás regresaría. Pero sobre todo por la reciente pérdida de su querido marido. Tenía el frío metido en el corazón. Se sentía tan sola que prefería mantenerse ocupada en sus quehaceres diarios. Sería ella una de las porteras que saldrían a la calle, en compañía de Layla, cuando acudimos en pandilla para alegrarle y felicitarle las Navidades. Era ella la que más se emocionaba con cada villancico entonado. Ella, la que, entristecida, agarraba su delantal para secarse las lágrimas.

Mientras tanto, las fiestas continuaban celebrándose. Era curioso que quienes más las disfrutaban eran los musulmanes de mi ciudad. A pesar de no compartir nuestra religión, se mostraban alegres al participar en las pastorales callejeras o en cualquiera de los muchos eventos, entregándose incluso más que los propios cristianos. A Layla le volvía loca el alumbrado. Recuerdo que iba por la calle felicitando a cualquiera que se cruzara por su camino. Se había aprendido a pies juntillas las letras de la mayoría de los villancicos y los canturreaba, pandereta en mano, junto a su inseparable

Guage. La verdad es que formaban un buen dúo y siempre te sacaban unas risas.

Vuelvo a experimentar la felicidad que asomaba por los rostros de aquellos personajes, embriagados por aquel ambiente decorativo, durante las celebraciones navideñas. Una vez más acuden a mí todos estos recuerdos.

El mismo Aurelio —así se llamaba el sereno de mi calle—, en compañía de sus compañeros de gremio, fabricaba felicitaciones navideñas personificadas, que luego repartían entre los vecinos a cambio de su buen aguinaldo.

Ruth, una excelente cocinera hebrea, acudía a mi casa cada Navidad. En aquellas fiestas trabajaba sin descanso para todas las casas que la solicitaban para elaborar aquellas recetas tan exquisitas. El pavo relleno era una de sus especialidades. Recuerdo que, el día antes, mi padre —por su oficio de cirujano— era quien se encargaba de deshuesarlo. Llegaban a pesar casi seis kilos. Reconozco que aquella disección era todo un reto, que mi padre ejecutaba con asombrosa pericia, sin romper un ápice de pellejo.

Los días previos a la Navidad, el patio interior de la consulta de mi padre se convertía en todo un corral. Los musulmanes más humildes que acudían a las visitas y revisiones no tenían con qué pagarle y como agradecimiento le obsequiaban con lo poco que tenían: pavos, pollos de corral, conejos y hasta algún cabrito, que Ruth se encargaría de que pasara a mejor vida. ¡Y cómo olvidar aquellas deliciosas naranjas en almíbar que nos preparaba!

Corría el año 1969 cuando la cantante Salomé se alzó con la victoria en Eurovisión. Aunque empató con los representantes de algunos otros países, el premio se repartió entre todos. En breve finalizaría una década inolvidable y cambiaríamos los últimos dígitos, entrando en 1970. Aquel mismo año se inauguraba el COU. Mientras tanto, mi querida amiga Layla, justo debajo de nosotros y no muy lejos de mi alma, celebraba la entrada de año en compañía de nuestra entrañable Dolores. Aquello, sin duda, me reconfortaba.

VIII

A veces yo observaba que Layla no sabía qué rumbo tomar. Su cara ajada, su rostro trágico, sin edad, y sus facciones inmóviles hablaban por ella. Daba la impresión de que su vida se hubiera refugiado en sus atormentados ojos, que no por ello dejaban de ser hermosos y profundos. Si uno se fija bien, es precisamente en los ojos donde mejor se delata la tristeza de las personas. Deambular de un lugar a otro sin un fin, sin objetivo ni destino determinados y sin tener un techo propio donde poder cobijarse tenía que ser terrorífico, agotador. Aquel errar por la soledad de los caminos la conducía a pasar por distintos estados de ánimo. Entonces yo ya lo intuía, pero ahora puedo afirmar con certeza que cualquier ser humano no habría tenido ni la mitad de la fortaleza que ella poseía.

Aquel abismo de soledad le pasaría factura en muchas ocasiones. Normalmente, morirse de hambre y malvivir en la calle no te enseña a ser desinteresado, y mucho menos generoso; sin embargo, Layla lo era. La vida era lo único que poseía y al final la gente quiere a la vida más que a nadie ni a nada.

Meses después de haberle perdido la pista, me la volví a encontrar a pie de muelle, en pleno puerto. Le gustaba acercarse todas las tardes a ver llegar el barco con sus pasajeros y observar las caras de los que desembarcaban. Yo la estaba contemplando cuando, de repente, su rostro cambió al ver descender del barco a un hombre que rodaba una moto grande. Tenía una larga melena y parecía un tipo bohemio. Por su gesto, deduje que aquella cara le sonaba. En efecto, Layla no se confundía, ¡era Carlos! Se apresuró a llamarlo a gritos por su nombre, levantando los brazos. No se había equivocado, porque al escuchar su nombre él enseguida giró la cara. Fue el primer chico con el que estuvo, porque los abusos de su padre no quería ni mencionarlos. Sin pretenderlo, se convirtió en su primer cliente, porque a su corta edad no podía imaginar dónde se metía. Todos sabíamos que en Marruecos se estilaba el turismo sexual.

Carlos se dirigía hacia el desierto por una de las rutas moteras que atravesaban su poblado y en un momento que se detuvo para estirar las piernas se encaprichó de Layla. Ella estaba sentada bajo el quicio de su puerta y aunque apenas era una cría ya empezaban a vislumbrarse aquel cuerpo y aquella belleza de la mujer que estaba a punto de ser. Él, con un buen fajo de dinero en mano y aprovechando que estaba sola, le propuso tener relaciones íntimas. Layla nunca había visto tanto dinero en su vida y no se lo pensó mucho, porque lo primero que le vino a la cabeza fue la miseria desoladora por la que pasaban sus hermanos, su madre y ella misma. Ya se le ocurriría alguna mentirijilla piadosa para ocultarle a su madre la procedencia de aquella suma de dinero, que le permitiría comprar comida abundante para una larga temporada.

Yo sabía que Layla no sentía ninguna aversión hacia Carlos, sino todo lo contrario, ya que, aunque aquello no dejaba de ser un acto abusivo, ella me contó que él siempre la trató bien.

Carlos no la reconoció hasta tenerla muy cerca. Habían pasado algunos años desde la última vez que se vieron y si Layla siempre fue hermosa con los años lo era aún más. A los pocos minutos de saludarse, se montaron los dos en la moto y se dedicaron a dar paseos por la ciudad. Horas más tarde me contó que cenaron en un buen restaurante. Layla tenía tanto apetito que para saciarse pedía los platos de dos en dos, además de algunos de sus postres preferidos —los de chocolate—. Después pasaron la noche juntos y cuando la vida despertó lentamente su amigo le deseó lo mejor entre abrazos cariñosos. Luego le guardó en su bolso una cantidad generosa y se puso en ruta hacia Agadir. Al menos aquella noche tuvo la suerte de gozar de una espléndida habitación, de un baño privado y de un sueño reparador, sin sobresaltos.

Cuando despertó, Layla se detuvo a pensar en que una vida mísera, en la que nadie la quería ni la esperaba, era una vida apagada y desgraciada, incluso peor que la propia muerte.

Durante toda su niñez, el padre de Layla fue muy cruel con ella, siempre la trató mal. Estaba acostumbrada a que le diera grandes palizas, marcándola con su cinturón. No recordaba haber visto a su padre trabajar. Siempre estaba felizmente parado, a diferencia de su pobre madre, que trabajaba como una fiera, desempeñando todo tipo de trabajos tanto en casa como fuera de ella.

Al padre lo recordaba durmiendo la borrachera de la noche anterior y despertándose malhumorado y con ganas de bronca. Comía como lo que era, un cerdo, me contaba Layla. Usaba a su madre a su antojo. Se pasaba el día sentado en los cafetines del paseo, tomando té durante el día, jugando a algún juego de mesa, fumando *kifi*[3] y contemplando la vida pasar. Por la

---

[3]   Cannabis.

tarde noche, sus registros se encaminaban hacia el alcohol y la vida repulsiva. Era tan sádico que, si se cruzaba en su camino algún animalito indefenso —ya fuera un perro o un gato—, lo pateaba sin miramientos. No permitió que sus hijos fueran a la escuela. Alegaba que era una pérdida de tiempo y que estaban mejor vendiendo en el zoco o llevando las cabras a pastar.

Un día, después de haber abusado de ella y de propinarle una brutal paliza, gritándole obscenidades, Layla se juró que sería la última vez que aquel bestia le pondría sus asquerosas manos encima. Así fue como dejó su casa, a su querida madre, a quien amaba con locura, y a sus hermanos. Y como no pudo despedirse de ellos, se quedarían en su corazón de por vida.

Empezó a trabajar clandestinamente en un burdel de Fez, pero como el trato recibido allí también era vejatorio y los proxenetas la explotaban, quedándose con todas sus ganancias, decidió escaparse. Una vez me contó que, de poder elegir, ella prefería clientes europeos o *españolías* —así era como denominaba a los españoles—. Los marroquíes no le agradaban porque eran maleducados y porque no tenían consideración con las mujeres. Siempre andaban enredados en altercados y peleas y decía que la gran mayoría de ellos eran sucios y olían mal.

Todos los días de su vida Layla le deseaba la muerte a su padre. Harta de todo, a veces se preguntaba si solo se venía a este mundo a pasar hambre, penurias y miserias. Cuando se desesperaba, no encontraba salida ni respuesta alguna. Como le había inculcado su adorada madre, acostumbraba a rezarle a Mahoma, su profeta, recordando las cariñosas palabras que esta le repetía para tranquilizarla: «¡Cariño, *inshallah* nos espera el cielo, donde todo se resolverá!». Aquello la calmaba un poco, pero tenía claro que, una vez que desapareciera y muriera, no desearía regresar jamás a este mundo tan cruel e infeliz.

A su modo, con el tiempo consiguió hacerse con aquella nueva ciudad. Si la estimaban era porque sus ojos negros, profundos y tristes reflejaban benevolencia.

En días desapacibles de invierno, cuando el cielo amenazaba con tormentas, comenzando por el cuchicheo incipiente e inquieto de la lluvia que descargaba el descomunal aguacero sobre la ciudad vacía, Layla entraba a guarecerse en una céntrica entidad bancaria. Saludaba con educación y con la mayor de sus sonrisas a todo el personal y se sentaba, hasta que escampaba, en uno de los mullidos sillones de la sucursal, disfrutando del calor de la caldera central. Incluso el director, cuando pasaba cerca de ella, la saludaba por su nombre, sin poner objeción alguna a su permanencia allí. Cuando dejaban de caer las últimas gotas, se despedía agradecida y regresaba a sus calles recién regadas.

Layla vagaba sin cesar. Te la podías encontrar en cualquier punto de la ciudad y los kilómetros que recorría a diario evidenciaban que su forma física era óptima. Le gustaba pasear por los distintos barrios, sobre todo por las zonas en las que había casas matas, porque a través de sus ventanas podía curiosear —sin que la descubrieran— cómo era el transcurrir diario de una familia bien avenida.

A través de aquellos cristales por los que se asomaba le gustaba contemplar aquella armonía familiar, consecuencia del bienestar que flotaba en aquel ambiente doméstico logrado. El cariño que se prodigaban era lo que más le atraía de aquellas escenas que ella observaba. Lo que más le entretenía era la hora del almuerzo, con toda la familia reunida en torno a la mesa. Se le iban los ojos detrás de aquellos platos tan apetecibles y sabrosos que la madre traía a la mesa, donde todos conversaban contando las anécdotas acontecidas durante la mañana. No perdía detalle. Veía que la madre era quien se encargaba de apartar la comida. En primer lugar, las atenciones eran para su marido; después, para el resto de los comensales. Cuánto había deseado nacer en el seno de una de aquellas familias.

A menudo, cuando recordaba a sus hijas arrebatadas, se le agolpaban las lágrimas en los ojos. En silencio, rumiaba aquel desarraigo cruel que le impedía tenerlas con ella, cuidarlas y amarlas como cualquier madre. Aquella pena la acompañaría a lo largo de todo su peregrinar por la vida. Para mi querida amiga Layla, el amor era un lujo que no le estaba permitido, como tantas otras carencias que siempre arrastraría.

IX

Todos los años, después de las hogueras de la festividad de San Juan, comenzaba el ansiado verano. Se decía que el tiempo que hiciera aquella noche condicionaría el transcurrir del verano. Recuerdo que muchos de nosotros rezábamos para que en aquella velada nos acompañara un agradable poniente y no el triste levante. El poniente en aquellas latitudes significaba celebrar el pelo liso para aquellas que lo teníamos rizado. Además, el pan crujía y el mar estaba en calma y transparente. Con él todo eran ventajas. Sin embargo, el levante era todo lo contrario: pelo encrespado, pan blandengue, mar tempestuoso, altas olas y un calor húmedo y pegajoso que no nos daba tregua.

Precisamente, era en aquella fecha cuando comenzaba el despliegue de ferias simultáneas, que se instalaban en los distintos barrios, desde los más humildes hasta los más pudientes. En ninguno de ellos faltaba alegría ni ganas de pasarlo bien. Siempre se colocaba una caseta municipal que, con su orquesta, amenizaba los bailes y los concursos de belleza, en los que se elegía a las reinas del distrito.

A finales de agosto o principio de septiembre se montaba la ansiada feria grande, ubicada entre la plaza de España, donde se montaban todas las atracciones y tómbolas, y el Parque Hernández, que era donde se disponían las casetas de baile, el punto de reunión y diversión. Recuerdo el apetecible olor que se respiraba, ya que en una de las calles colindantes se acondicionaban los restaurantes, con sus exquisitos pollos asados y sus pinchos, y aquellas estupendas teterías y chocolaterías.

Layla participaba y disfrutaba de aquellas ferias. Durante todo el año, no paraba de preguntarnos cuándo empezaban y contaba los días que faltaban para su celebración. No faltaba ni un solo día. Te la podías encontrar en cualquier rincón del recinto ferial. Tenía mucho arte para adornarse y vestirse para la ocasión. No le faltaban los lunares pintados a lo largo de su cuerpo, o bien en su blusa o en la falda. Tampoco la flor en su pelo moreno, que tan bien le sentaba a su cara.

Las atracciones le entusiasmaban. Le encantaba montarse en el «balance» que, año tras año, traían a la ciudad y que a mí me causaba tanto respeto. También era asidua a la noria, pero su pasión eran los coches de choque, donde se montaba sola o en compañía de su amigo Guage. Eso sí, siempre conducía ella. La verdad es que se convirtió en toda una experta al volante. Los manejaba con precisión y soltura. Me gustaba acercarme para verla disfrutar entre aquellos gritos y carcajadas. Bastantes desgracias había sufrido, y las que estarían por llegarle.

Ahora, desde la distancia, puedo comprender que ella sabía que tenía que exprimir aquellos momentos mágicos que se le presentaban. En eso consistía su felicidad. Entonces Layla era tan encantadoramente joven que no se le notaba su prisa por vivir. Tarde o temprano, la vida se encarga de apagar en cada uno de nosotros las pasiones más ardientes, pero a mi amiga todavía no le había llegado aquel fatídico momento.

Le encantaban las tómbolas. Un señor, con micrófono en mano, animaba a la gente a participar en los sorteos y ella, que no era tonta, solo compraba uno, porque sabía que las probabilidades de que le tocara eran remotas. Así que se pasaba horas viendo jugar al resto de la gente y a los pocos afortunados que se apresuraban a recoger sus regalos.

Como buena golosa, prefería gastarse su escaso dinero en el puesto de turrón. Recuerdo que se le iban los ojos detrás de todas aquellas tabletas y que sus preferidos eran el blando de almendras y el de chocolate. Este puesto era un clásico en nuestra feria y siempre estaba muy concurrido, sobre todo por los vecinos del país colindante. Compraban tabletas a mansalva y se iban cargados, rumbo hacia la frontera, con sus buenos surtidos de turrones y sus muñecas Chochonas, tan famosas por aquel entonces, además de batidoras, planchas, paquetes de tabaco Bisonte y bastones gigantes rellenos de caramelos variados.

El ambiente de aquellos días era admirable. La feria reflejaba, como ningún otro acontecimiento, la alegría de vivir. Todos los días había multitud de público, sobre todo los fines de semana. Entonces estaba todo tan abarrotado que no cabía ni un alfiler. En aquella época, las fronteras eran muy permeables y mis vecinos eran siempre bienvenidos. De hecho, eran ellos quienes más ambientaban las ferias, con sus chiquillos, dejando buenos beneficios en la ciudad.

La música procedía de cualquier parte y era muy frecuente encontrarse con corros improvisados, que cada vez se hacían más grandes, en los que se vitoreaba y se aplaudía con entusiasmo. ¿Y quién suponen ustedes que se encontraba en el centro de aquel tumulto? ¡Lo adivinaron! Era Layla, dándolo todo y desplegando sus encantos de danzarina. Tal era el revuelo que los guardias tenían que acudir a poner orden y a dispersar al gran grupo formado a su alrededor. Entonces, sudorosa y agotada, se dejaba caer en un banco, bebía un poco de agua para reponerse y en pocos minutos se encontraba rodeada de hombres embriagados que requerían sus servicios.

Cuando la veíamos alejarse hacia su oscuro destino vejatorio, de pronto todo se tornaba tenebroso. Layla no era cualquier mujer. Era inverosímil, de ahí su autenticidad. Le ocurría como a la propia tierra, que, por pisoteada que estuviese, resurgía al paso de milagrosas tormentas cargadas de agua. No era quejica ni débil y tenía un espíritu incansable.

Mis amigas y yo también disfrutábamos mucho de la feria y de sus atracciones. Al final siempre acabábamos sentadas en el Cafetín del Rubio para degustar unos deliciosos pinchos morunos o un buen pollo asado. Después de cenar, y a una hora prudente para nuestra edad y para la época, regresábamos a nuestras casas.

A veces yo me encaminaba a casa de mi yaya. Era valenciana, aunque siendo muy jovencita se trasladó a nuestra ciudad, para quedarse hasta el final de sus días. Su casa estaba tan cerca del parque que daba la impresión de que la caseta municipal estaba dentro de las habitaciones, así que podíamos dormir bien poco, porque la orquesta tocaba hasta bien entrada la madrugada. Alguna vez que otra subíamos a la azotea y entre las dos nos marcábamos nuestros bailes. Era una mujer fuerte, obstinada y muy adelantada para sus tiempos. Recuerdo que se interesaba por todo y que no se achicaba ante nada.

Fue la mujer que más marcó mi vida. Pese al distanciamiento de su tierra levantina, nunca perdió el acento y si se enojaba lo hacía siempre en valenciano. A mí me encantaba aquella faceta suya. Era toda una experta en arroces. Con muy pocos ingredientes, teniendo una buena base, le salían exquisitos. Cuidaba sus paelleras con mucho esmero y cariño, las protegía de cualquier posible inclemencia y no dejaba que nadie más que ella las limpiara.

Aunque era una mujer muy avanzada para su época, no por ello dejaba de ser tradicional y de misa diaria. Aquella fe suya me dejaba perpleja. Nunca la vi escandalizarse por nada, argumentaba los temas sin ningún tipo de tabú, llamando a cada cosa por su nombre. Ahora puedo confirmar que las abuelas son madres mejoradas. Nuestra relación era tan verdadera, tan intrínseca, que supe se mantendría fuerte y viva para toda esta vida y para la que viniera. Noche tras noche, rezábamos juntas. Todas aquellas oraciones quedaron fijadas en mi memoria. Todavía, cuando algún fantasma nocturno me ronda, las evoco.

Conservo un recetario culinario que escribió con su puño y letra, con algunas recetas que sus amigas le recomendaban. Lo guardo como un tesoro, al que recurro a menudo. Fui testigo de cuando anotó los ingredientes y la preparación del «bizcocho de naranja de Neli», de las «tartaletas de limón de Mari Tere» o de las «empanadillas de Vevi». Solo tengo que abrirlo para verla y escucharla entre aquellas páginas que hoy amarillean, desgastadas por el paso del tiempo, con aquella forma tan suya de enunciarlas, que parece que te estuviera hablando. Porque, ciertamente, tenía el don de escribir tal y como hablaba.

Regresando a Layla, una vez prestados sus servicios, volvía a la feria como si nada hubiera ocurrido. Se detenía ante cualquier caseta, observando los pasos de las rumbas o de las sevillanas para ensayarlos después. Se rodeaba de todo tipo de personas. De repente, aparecía de la mano de unos niños guapísimos que ejercían la mendicidad y que acampaban en plena avenida en compañía de su madre. Eran muchos hermanos y cada uno tenía la misión asignada de pedir limosna en un lugar estratégico. A veces eran muy insistentes. Al fin y al cabo, eran niños pequeños. Eran cinco o seis, muy seguidos de edad, rubios, sucios. Andaban siempre con los mocos caídos, descalzos, andrajosos. La madre se quedaba sentada en el suelo, esperando a recibir las limosnas recaudadas por sus retoños. Layla solía llevarlos de dos en dos a la feria. Los montaba en todo lo que pedían y les compraba algodones de azúcar, turrones y garrapiñadas.

Durante muchos años, Layla nunca se perdió ni un solo día de feria. A su manera, disfrutaba más que nadie de aquellos días festivos que jamás se volverían a repetir.

X

Teresa apareció por nuestra pequeña ciudad allá por el año 1973. Ella y su familia castrense venían del último destino del cabeza de familia, bajo la orden del caudillo, y sería en mi ciudad donde culminaría su afortunada carrera militar. Según nos contó, anteriormente su padre había ejercido de gobernador en la mismísima Guinea, donde disfrutaron de todo tipo de honores y lujos. Cuando empecé a tener más confianza con Teresa, me relataba con minuciosidad las aventuras y hazañas de su día a día en la Guinea colonial de entonces.

Recuerdo que lo primero que evocó fueron los paisajes tan imponentes y bellos, con aquella vegetación salvaje y de dimensiones tan agigantadas. Me llamó mucho la atención que nos contara que todo lo que se daba en esa tierra era de dimensiones colosales. Hasta llegar allí, jamás había visto unos mosquitos tan enormes ni unas mariposas de tamaño tan descomunal como las que nos describió.

Las personas que atendían los distintos servicios de su casa eran de raza negra, como en las películas de la tele. Me resultó muy curioso un detalle: la mesa la servían con guantes blancos. Yo me quedaba absorta con sus explicaciones y sin apenas ser consciente iba tejiendo historias en mi cabecita.

Me contó que los que trabajaban en su casa eran de la etnia de los bubis, procedentes de la antigua Fernando Poo. Su amiga inseparable de juegos era la hija de la cocinera. Se llamaba Luisa y me decía que siempre la recordaba con una formidable risa en su cara. Ambas solían escaparse hasta la fábrica de chocolate. Comían hasta no poder más. Me explicaba que Luisa, entre carcajadas, abría su enorme boca, repleta de chocolate, hasta enseñar su campanilla.

Teresa siempre hacía referencia a las temidas horas sin sombra en Guinea, por el calor tan sofocante que pasaban. Su estancia allí —y la de toda su familia— fue una experiencia inolvidable para el resto de sus vidas. A diferencia de la mayoría de los mortales, disfrutaron de una vida de lujos y privilegios. Me describía pormenorizadamente cómo eran sus maravillosas puestas de sol. También me contó, entre risas, que se trajeron el contenido de toda aquella gran casa a cuestas. Una de las cosas que más llamó mi atención fueron aquellos enormes colmillos de elefante, tan cotizados en el mercado, junto con las máscaras labradas en maderas nobles.

También me fascinaban los collares de aquella región que Teresa lucía. Eran muy exóticos y le daban ese toque de distinción entre bohemio, *hippie* y de chica pija que no podía esconder. A veces, para mosquearla, le decía que era una mezcla entre Estefanía de Mónaco y su hermana Carolina. Aunque se vistiera con llamativos fulares africanos y largas faldas floreadas, acompañadas de aquellas botas camperas lustradas con grasa de caballo, en sus lóbulos no faltaba aquel toque de perfume caro que la delataba, el clásico Eau de Rochas, que no estaba al alcance de todos los bolsillos. A veces, cuando quería despistar al enemigo, se echaba unas gotitas de pachuli, influenciada por aquellos adeptos del dalái lama que tantos seguidores comenzaban a tener en las comunas.

Si me gustaba tanto escuchar aquellas anécdotas que vivió en Guinea era, sobre todo, por su sentido del humor. Todavía me acuerdo de muchas de ellas, como aquella de cuando el Gobierno español mandó un cargamento de zapatos para la población guineana y resultó que todos pertenecían a un mismo pie, el derecho.

Otra anécdota que se me quedó fue la de aquella vez en la que, estando su padre reunido en su despacho con un personaje importante, y con los dos escoltas que siempre aguardaban en la puerta, a lo lejos del pasillo se escuchó a su mujer, que a gritos le decía: «¡Alberto, este hijo nuestro es un demonio. No me hace caso en nada y no sé qué hacer con él!». En ese preciso instante, cuando salía el personaje del despacho, se alzó la voz del gobernador respondiéndole: «¡Pues pégale fuerte!». Y los escoltas, ni cortos ni perezosos, se abalanzaron sobre el sujeto, dándole una buena somanta de palos.

La llegada de Teresa a mi vida fue todo un acontecimiento. Ella tampoco era como todas. Llegó al colegio una mañana lluviosa de invierno, le asignaron mi clase y la sentaron cerca de mí. Tan solo nos separaba un estrecho pasillo, por donde solía pasearse la profesora cuando vigilaba nuestros exámenes o para mantener orden y silencio.

Como era de esperar, ya que por aquel entonces aprovechábamos cualquier momento para liar un revuelo, toda la clase se revolucionó con su llegada. Apareció vestida con nuestro uniforme, pero en ella se veía diferente porque, si te fijabas bien, podías comprobar que lo customizó a su antojo. En la camisa, bordó una flor al lado del escudo del instituto. También le subió el dobladillo a su falda, con lo que la polémica ya estaba servida. Desde el principio me di cuenta de que era muy transgresora para aquella época. Por eso me gustaba que fuera mi amiga, por ser tan distinta al resto de las niñas de mi entorno.

Conectamos desde el primer momento y supimos que nuestros gustos eran muy similares. La música nos fascinaba y nos gustaba descubrir grupos extranjeros. Todavía me acuerdo de Graham Nash y de aquel álbum recién lanzado, *Cuentos salvajes.* Yo tenía buen oído y buena voz y se me daba bien cantar, aun sin tener ni idea de inglés y sin saber lo que decían las letras, hasta que nos dispusimos a traducirlas. En un pequeño magnetofón que me echaron los Reyes oía las canciones una y mil veces hasta sacar la pronunciación exacta —o la que más se aproximaba—, accionando las flechitas de retroceso y avance infinidad de veces. Cuando por fin las tenía, las cantaba en nuestras reuniones, acompañada a la guitarra de mi querido amigo Fernando. Recuerdo que el famoso *Hotel California,* de los Eagles, lo bordábamos, porque la ovación era tremenda.

Un día, enseñándole la ciudad a Teresa, en pleno mercado del zoco nos encontramos con Layla. Como muchas otras veces, andaba metida en líos. Tenía agarrado a un crío de la camiseta y acaloradamente le gritaba algo en *cherja.* Aunque no entendía lo que le decía, era evidente que la bronca estaba asegurada. Al momento nos dimos cuenta de que le estaba obligando a que le devolviera el monedero a una anciana, a quien se lo había robado en un descuido. Ella, que rápidamente lo detectó, no lo soltó hasta asegurarse de que se lo devolvía. Después le gritó bien fuerte: «¡La próxima vez te corto los dedos!». Y todo sin necesidad de presencia policial.

Layla cautivó a Teresa desde ese mismo momento y por su forma de actuar supo que desde aquel instante la quería a su lado. Ella, que llegó a esta ciudad mía tan provinciana, aprendió a que no le afectaran las opiniones de aquellos que la criticaban. Pese al nombre y al estatus de su padre, Teresa se distinguía por su carácter abierto e independiente. Los cánones a seguir no estaban en su lista de prioridades, pese a estar tan expuesta en los ecos de sociedad. De hecho, junto con su familia al completo, llegó a aparecer entre las páginas de una de las revistas más glamurosas del momento, el ¡*Hola!*

Después de aquel primer encuentro, era frecuente verla a diario con Layla por las calles céntricas de la ciudad. No se escondía de nadie e ignoraba los murmullos de la gente que, a su paso, se giraba para criticarla. Y es que otra de las cualidades por las que Teresa destacaba era por su generosidad y por lo manirrota que era para los demás. Yo sabía que, mientras permaneciera al lado de Layla, a ella no le faltaría de nada. Esperaba a que su casa quedara vacía para que pudiera ducharse como una reina, le regalaba ropa y le daba de comer.

Pero pronto al padre de Teresa le llegaron rumores acerca de la compañía de su hija, que no resultaba nada grata a sus ojos. Desde entonces Teresa no dejó de recibir castigos por su parte. Su padre era muy estricto e, hiciera lo que hiciera Teresa, siempre la recriminaba con severidad. Según me contaba, la relación paternofilial cada día era más hostil e insoportable. Apenas la dejaba salir a la calle, pero aun así lograba escaparse, hasta que un día el padre se enteró y optó por clausurarle toda la ropa de su armario. Así no podría salir sin su consentimiento.

Teresa, que día tras día se ahogaba encerrada en aquella casa, optó por cambiar de indumentaria. La única forma de tener a su padre contento y de gozar de algún respiro fue cambiar sus botas camperas por unos Sebagos, y sus faldas y blusas por unos Lewis y un Lacoste, con su cubito castellano al hombro. Fingió ser quien no era y parecerse a quienes detestaba, convirtiéndose en otra auténtica superviviente de la tiranía del momento.

En lugar de pasear por el parque y por la ciudad vieja, lugares que frecuentaba casi a diario y en los que se sentía tan plena, tuvo que cambiar de itinerario. En adelante, su recorrido iría de su casa al club marítimo o de su casa al insoportable casino militar. Cuando me la encontraba, me decía que echaba de menos a los niños tan guapos de las barriadas de la ciudad, tan chulillos y auténticos, que tan cómoda y entretenida le hacían sentirse. Fue en aquel tiempo cuando, una de las tardes, conoció a un teniente recién destinado a la ciudad. Era guapo y como solían decir quienes la rodeaban un buen partido, de buena familia y apellidos ilustres. A Teresa no le desagradaban ni su planta ni su físico, pero yo sabía bien que no era ese tipo de hombre el que le atraía.

Empezaron a salir y lo mejor de todo fue que el comportamiento de su padre hacia ella sufrió un cambio rotundo. A partir de entonces le concedería a su hija todo cuanto le pidiera. A los pocos meses Teresa quedó embarazada. Para ocultar su estado y alejar los murmullos, la casaron a la mayor brevedad posible. A partir de aquí, su historia se volvió tenebrosa. Apenas contaba con diecisiete años cuando se metió en la boca del huracán por agradar a su padre, por su ingenuidad, por no tener escapatoria. Quiso escapar de las garras de un padre dictador y fue a parar a manos de la peor de sus pesadillas. El marido resultó ser un personaje extraño, algo maquiavélico. Vivía a la orden de su querida mamá.

Cuatro meses después de tener a su primer hijo, quedó de nuevo embarazada. Su marido, su suegra y toda esa locura de familia que la perseguía con insistencia no eran partidarios, bajo ningún concepto, del uso de anticonceptivos. El número de hijos dependía de los designios del Señor.

Totalmente abatida y depresiva, tuvo que acudir a ansiolíticos para poder afrontar su día a día en aquella comunidad de chiflados, sin tener consuelo de nadie y sin una puerta a la que llamar. Un día, cuando ya no podía más, se le ocurrió escapar con sus hijos de aquel encierro. No llegaría muy lejos y su ansiada libertad le duró poco. Su propio marido, en colaboración con su ilustre familia y sus contactos de Estado, le arrebataron a sus pequeños, retirándole para siempre su custodia.

En aquella época, las mujeres eran aún más invisibles, no tenían derecho a nada. A veces me preguntaba si aquella conexión tan fuerte que tan repentinamente se estableció entre Teresa y Layla fue mucho más que un producto de la casualidad. De alguna manera, llegué a pensar que aquella mañana Teresa intuyó su futuro inmediato, tan similar al de mi también querida amiga Layla.

XI

Como se dice vulgarmente, muerto el perro se acabó la rabia. La muerte del excelentísimo, después de cuarenta años de dictadura, abrió las puertas a una ansiada vida de libertades, oxigenando el ambiente con efluvios esperanzadores, alentadores.

Con la llegada de la incipiente democracia, el país se regiría constitucionalmente, con la figura de un monarca. Se aproximaban épocas de cambios, de saltos con cierto vértigo. La población ansiaba aquella libertad merecida. Algo tan simple como poder reunirse y reírse abiertamente por fin sería posible. Yo apenas tenía trece años, pero, pese a mi corta edad, dentro de mí empecé a procesar con claridad lo que aquello significaba y lo que estaría por venir. Bienvenidos eran los libres pensamientos, la libertad de expresión. Pero aquello no fue producto de un cambio repentino. Todo fue surgiendo de forma sigilosa, sin precipitaciones, debido a aquel miedo y a aquel silencio forzoso que padecimos durante tantos años seguidos de opresión.

Recuerdo que mi hermana —la más revolucionaria de todas, la que tanto luchó por la libertad— fue la que me introdujo en la militancia de las juventudes de su partido revolucionario, uno de los últimos en legalizarse. A mí me gustaba reunirme con aquellos camaradas, pero a mi temprana edad no me quedaban del todo claros muchos de los conceptos que empleaban. Además, con la llegada de la adolescencia empezaban a brotar en mí cambios, fruto de aquella efervescencia de hormonas que me traía de cabeza.

Sinceramente, yo prefería estar con mi pandilla en el parque y quedar con aquel chico que me gustaba a escuchar cómo se declamaba aquel *Manifiesto Comunista* que entonces se me hacía tan cuesta arriba. No obstante, reconozco que fue una experiencia que años después me serviría para transitar sin miedos por la vida. Soy de las que opinan que tenemos que empezar a vivir desde muy jóvenes, porque luego uno pierde valor y nadie te regala nada. Hay que agarrar con fuerza a la felicidad cuando pasa.

En mi instituto comenzamos a preparar la clausura del curso que terminaba, con aquellos festivales que organizábamos entre todos, eufóricos, entusiasmados. Todavía me acuerdo de que el papel de presentadora recayó en una niña muy inteligente, inquieta, ingeniosa, rápida. Por su carisma y aquel desparpajo tan peculiar, tenía el don de cautivar a todos —profesores y compañeros—. Se llamaba Lina y durante todos los cursos fue elegida delegada sin necesidad de campaña. Sin proponérselo, era una líder generosa, muy entregada a las causas perdidas. Si era necesario, se partía la cara para defender a los compañeros marginados. Pese a ser apenas una cría, era única. Gracias a sus genuinas ocurrencias, la diversión estaba garantizada a su lado. No se me olvidará nunca que una mañana metió a todo un rebaño de cabras en el aula, en plena clase. Recuerdo el revuelo que se organizó mientras los bedeles trataban de desperdigar a las cabras para que bajaran las escaleras y abandonaran el centro. Era un placer contar con su amistad.

Ese mismo año, Lina, en compañía de Pepa, otra compañera elocuente y dicharachera, se encargó de presentar nuestro festival. Aquel binomio que formaban ambas era tremendo. Presentaban como auténticas profesionales que controlan el medio a la perfección. Entre acto y acto, se atrevían a improvisar con ocurrencias de su propia cosecha, que eran recibidas con risas y una gran ovación.

Como la vida misma, aquellos eran días de ensayos, de preparativos entre bambalinas para que todo resultara perfecto. Y ¡cómo no!, nuestra querida Layla también participaba. Aunque no fuera alumna del centro, todos, compañeros y profesores, la apreciábamos. Me gustaba verla colaborar como uno más en todo lo que hiciera falta. En aquellos momentos, la vida era como una orquesta que siempre estaba tocando. Afinada o desafinada, pero siempre sonando.

Recuerdo que había un número muy ingenioso. Se puso en escena mediante coreografías, escenografías y efectos especiales fabricados en casa, influenciados por aquella película que tanto gustó en aquellos años: *La guerra de las galaxias*. La idea partió de nuestro entrañable compañero Damián. Vital y alegre por naturaleza, él siempre se apuntaba a un bombardeo, ingeniando como el que más con su sonrisa de oreja a oreja.

Aquel espectáculo galáctico al que Damián dedicó todo su tiempo obtuvo un éxito apabullante. Todavía recuerdo aquellas coreografías, que exaltaban el lado más luminoso de la película. Él solito se encargó de diseñar todo el vestuario. Tenía una imaginación prodigiosa. Forró todos los cuerpos de los bailarines con muchas capas de papel de aluminio, incluido él, que fue el bailarín principal. Todos quedaron perfectamente vestidos, pero no se contó con que, cuando salieron a escena, entre piruetas, focos, sudores y saltos, el papel se fue resquebrajando hasta hacerse trizas. A Damián enseguida se le rompió por la parte de su trasero. Tuvo tanto éxito aquel detalle que todavía hoy, al recordarlo, nos desternillamos de risa. En realidad se trataba de que el público pasara un buen rato, y su número proporcionó ese toque de comicidad improvisada que tanto gustó.

A los dos años de aquella aventura, Damián nos dejó. Falleció en un trágico accidente de circulación. Siempre que le nombramos recreamos aquella anécdota de su número galáctico. Después de aquella representación, Lina y Pepa tuvieron la genialidad de subirse a unos patines y de seguir presentando mientras patinaban de un lado al otro del escenario.

Acabábamos de salir de un régimen opresor, triste, y la gente estaba ansiosa, necesitada de sensaciones frescas, renovadas, sin ataduras. «¡Fuera miedos!» era el lema de entonces. Mientras tanto, Layla se encargaba de ayudar entre bambalinas a los participantes. Cosía cualquier desperfecto de última hora, les peinaba y maquillaba y ayudaba con el vestuario. Era una más del grupo y cuando al final los participantes salíamos a saludar al público ella se encontraba entre nosotros, cogida de nuestras manos. Recuerdo que durante los preparativos del festival se sentía pletórica, útil. A pesar del bullicio, parecía relajada. Su bienestar se reflejaba en aquellos ojos suyos, negros y chispeantes.

Aún retengo en mi memoria el momento en el que llegó el turno de mi número. Ya de pequeña prefería estar ocupada en muchas otras cosas antes que estudiar. Creo que el enfoque que se le daba a la educación era tremendamente aburrido y la gran mayoría de los profesores eran soporíferos. A mí, personalmente, no me motivaban.

Yo fui la última en salir, así lo decidieron. Canté, acompañada a la guitarra por mi querido amigo Fernando, un anarquista declarado aunque su padre fuera coronel del antiguo régimen. Estábamos deseando poder manifestarnos, sedientos de cultura, locos porque regresaran los artistas exiliados. Decidimos interpretar dos temas seguidos. El primero fue un homenaje al gran poeta Miguel Hernández, con su *Elegía a Ramón Sijé;* y el segundo, un tema del último disco de un conocido cantautor que entonces militaba en el partido socialista.

No paramos de ensayar hasta limarla al máximo. Un día se la canté a mi padre. Le gustó mucho, pero me advirtió en cuanto al cambio de una estrofa para que no tuviera problemas con el centro. ¡Y eso que estábamos en democracia! La gente aún tenía miedo y después de cuarenta años de aislamiento era normal que desconfiaran. Recuerdo bien la frase original: «No me interesa una patria que me apesta a cementerio». Con aquella sabiduría que le caracterizaba, mi padre me recomendó que la cambiara, por mi bien y por el de todos, por esta otra: «No me interesa una patria que me apesta a humo de incienso». La explicación de mi padre era la acertada. Según él, era menos agresivo meterse con el clero que con el Ejército y el Estado, que aún estaban incandescentes.

Llegó el momento esperado: nos anunciaron y salimos a escena. Premeditadamente, yo guardaba como un tesoro el cambio de frase sugerido por mi padre. Se apagaron todas las luces del salón de actos, tan solo mi compañero y yo éramos alumbrados por aquel cañón de luz. En aquel momento, mi responsabilidad era tremenda. La enorme sala estaba abarrotada y el silencio era sepulcral.

Empecé mal, muy mal. Con los nervios, me atranqué por dos veces en la primera estrofa. Me quería morir, aunque el público se comportó de maravilla. A la tercera vez fue la vencida. La gente no paraba de aplaudir después de atender, en silencio, a aquellos versos cantados, llenos de reivindicaciones y protestas. Desde el escenario, al público no se le distinguía, tan solo se divisaba una puerta iluminada por donde apareció la figura de mi Dios, que por aquel entonces era mi padre. Fue cuando ascendí un poco más. Era el momento del cambio de frase, pero no lo hice por temor a atrancarme de nuevo, así que lo canté sin cambiarla. El público estaba eufórico, tan excitado que no paraba de aplaudirnos. Como estrellas consagradas, tuvimos que salir tres o cuatro veces más a saludar.

A la mañana siguiente, cuando todos estábamos reunidos en el patio, me llamaron por megafonía para que acudiera a dirección. El director me pidió la letra de aquella canción y acto seguido me anunció: «Lo sentimos, pero queda usted expulsada».

Recuerdo que al año siguiente acudí como público con mi amigo Fernando. Nos sorprendieron cuando nos invitaron a subir a aquel mismo escenario para que volviéramos a cantar aquella canción que tanto dio que hablar. Accedimos con mucho gusto. A pesar de no haberla ensayado, nos salió mejor que nunca.

XII

Mi hermana mayor acabó sus estudios de COU con muy buenas notas, lo que suponía que podría estudiar lo que desease. Para agradar a mi padre, que era médico, se inclinó por la carrera de Medicina. Más que por vocación, pienso que fue por continuar la tradición familiar.

Su traslado para estudiar en la península fue un despliegue de preparativos. Toda la familia andaba nerviosa, puesto que ella era la primera que levantaba el vuelo del nido para marcharse, y nada menos que a la península, ¡todo un gran acontecimiento en aquellos tiempos! Entonces cualquier familia no contaba con los recursos necesarios para poder enviar a sus hijos a estudiar fuera de la ciudad norteafricana, así que la mayoría se quedaba allí, cursando Enfermería o Magisterio.

Particularmente, recuerdo con mucha nostalgia aquella partida, porque siempre fue mi preferida, el espejo en el que me miraba. Ella era muy distinta a todas las chicas de mi ciudad. No se sentía identificada con quienes la rodeaban. No sentía aquella inquietud de esperar promociones y promociones de tenientes para acabar con uno en el altar, como tantas que se hacían las despistadas para quedar preñadas y poder engancharlos, por si la cosa se prolongaba y se les escapaba el tenientito de turno.

Mi hermana tenía una mente inquieta. Leía a Bertolt Brecht y ocupaba sus días en formarse como persona; militaba en partidos revolucionarios, entonces clandestinos; escuchaba a Serrat, a Paco Ibáñez y a Aznavour y se rodeaba de una pandilla encantadora, con la que compartía inquietudes e ideas. Hacían teatro e incluso llegaron a rodar una película, dirigida por un amigo suyo. Era de origen hebreo, gracioso y entrañable. Comulgaba poco con su comunidad y estaba sembrado de gracia y ocurrencias. Le recuerdo rebosante de vida y entusiasmo. Se empapaba de todo: libros de poesía, de cine y de teatro, que tanto le gustaba. Era muy ingenioso y siempre te sacaba una sonrisa con sus ocurrencias y con aquellos gestos improvisados. No había chica inteligente que se le resistiera, porque él solamente encajaba en este sector de mujeres implicadas, no en el de las chicas ñoñas y superficiales. Por su carisma, persuadía, encandilaba y enamoraba sin proponérselo. Aunque entonces yo era apenas una niña de doce o trece años, estaba enamorada de él y cuando lo veía aparecer en casa con la pandilla de mi hermana, a la que me sentía tan orgullosa de pertenecer, enrojecía cuando se acercaba a pellizcarme los mofletes. Recuerdo que yo solo quería estar a su lado, escucharlo recitar, hablar de la próxima obra que iban a representar. Hace poco me enteré de su muerte. Me entristeció mucho, nunca lo olvidaré.

Llegó el día de su partida. La despedida en el puerto fue emocionante. En aquellos tiempos, salir de mi ciudad era toda una aventura, como si te fueras a Sebastopol. Era para ver a la familia al completo, a pie de barco, abrazándola entre sollozos. Recuerdo que las lágrimas se deslizaban por mis mejillas, sabía que la echaría mucho de menos. Nos pasamos la vida despidiéndonos de nuestros seres queridos. Aunque para mí era un orgullo proclamar a los cuatro vientos que tenía una hermana que estudiaba en la península.

La eché mucho de menos y su ausencia sería irremplazable. Pasaba las tardes en aquel acogedor cuarto verde que se agenció y decoró a su gusto, al que no tenía acceso nadie más que yo. Aquel fue mi trampolín de salida a la vida. Aunque era pequeña, yo notaba las buenas vibraciones de todo cuanto me rodeaba. En aquel ambiente escuchábamos a Moustaki, alternándolo con aquellas lecturas de ensayo y de poesía, al calor de las conversaciones mantenidas y de los planes con los que seguían soñando todos sus amigos. Todo aquello me llegaba a entusiasmar y sabía que, cuando fuera mayor, yo quería ser como ellos.

En medio de aquella emotiva despedida familiar apareció Layla, que, como ya saben ustedes, solía frecuentar la estación marítima para observar la partida de viajeros. Al verla a lo lejos, mi hermana le dirigió una sonrisa y un saludo. Levantando su mano, recuerdo que le gritó: «¡Layla, nos vemos a la vuelta! ¡Cuídate, guapa!». A Layla le gustó aquel gesto considerado que demostró hacia ella y le respondió lanzándole besos con su mano.

Pocas horas antes de la famosa despedida me encontré con Layla. No estaba bien. Parecía muy desorientada y la noté realmente triste. De nuevo la vida se encargaba de apagar sus pocos anhelos, siendo su sombra la que marcaba sus pasos errantes hasta otro abismo de penurias. Estábamos en un restaurante, en mitad del almuerzo. En un descuido de mi familia, me acerqué a ella. Llorando me contó que las monjas le habían prohibido visitar a sus queridas hijas sin darle explicación alguna. Yo sabía que sufría continuamente por aquel desgarro que le suponía no poder tenerlas cerca para abrazarlas y cuidarlas como cualquier madre. Intenté animarla, pero no disponía de mucho tiempo, porque en breve mi hermana partiría. Recuerdo que en el fondo de mi bolsillo encontré algunos duros que me quedaban y se los di para que comiera algo. Me alejé, apenada e impotente por no poderla ayudar más.

De alguna manera, Layla llegó a formar parte de mi vida. Desde que la conocí se quedó clavada en mi corazón para siempre y aunque poco podía hacer por ella a mi corta edad siempre que podía le echaba una mano porque me importaba todo cuanto le sucediera. Yo notaba que ella lo sabía y pienso que aquella fraternidad era mutua.

Supongo que los habitantes de mi pequeña ciudad contemplábamos aquel horizonte adivinando la península, que algunos tanto ansiábamos, sobre todo durante la adolescencia y la juventud. Sabíamos que la distancia marcada por aquel Mediterráneo nos privaba de oportunidades que aquí nunca llegaban y que si lo hacían era de forma atrasada y distorsionada.

Los preparativos para poner rumbo a la península eran todo un ritual. Los nervios empezaban a aflorar una semana antes del viaje. Saber que tras una noche de barco amaneceríamos en Málaga era un acontecimiento. La unión y la proximidad con nuestro país vecino nos hacían sentirnos, de alguna manera, rifeños. No era fácil trasladar nuestro sentir, ni siquiera nuestras bromas, al resto de los mortales. Aquello nos volvía maravillosamente distintos a los peninsulares. Cuando desembarcábamos, todo era novedoso para mis ojos de niña. Aquel nerviosismo y la impaciencia por llegar y descubrir cada rincón me pasaban factura por la regañina de mis padres. No me perdí la inauguración del primer parque de atracciones que visité en mi corta vida, el famoso Tívoli World. ¡¿Cómo olvidarlo?!

Aquella lejanía que contemplábamos mientras paseábamos junto al mar, junto con la imaginación que le echábamos, nos hacía disfrutar aún más de la estancia vacacional que quienes vivían en la misma piel de toro. Una vez en Málaga, aprovechábamos para visitar a mi hermana, que estudiaba en una ciudad cercana. El maletero del coche iba siempre cargado con todo aquello que ella agradecería y esperaría impaciente: el exquisito queso de bola, el café Viuda de Gallego, las latas de huevas, los paquetes de té, la henna para teñir su pelo —que tanto revuelo armaba entre sus compañeras de residencia—, el *khol* para pintarse los ojos y tantas otras cosas que solo se podían encontrar allí. ¿Y cómo olvidar los cartones de Marlboro que mi yaya, a escondidas, le llevaba sin que mis padres se dieran cuenta?

Cientos de recuerdos se me agolpan mientras vuelvo a recorrer todos estos lugares, que hoy se tornan melancólicos por tantas ausencias. De muchos de ellos conservo algunas imágenes congeladas en fotografías, escenas que ya no volverán, pero que siempre permanecerán en mí.

Estoy convencida de que hay algo entre mis recuerdos que me resulta inexplicable, algo que me atrae de forma inconsciente, que evoca en mi memoria algunos de los pasajes de mi dorada infancia con una intensidad tal que logra abstraerme de todo cuanto rodea mi presente.

XIII

Los fines de semana dormía en casa de mi abuela. Recuerdo que en aquella casa, por las mañanas, entraba una luz tan fuerte que hacía que cualquier acontecimiento perdiera fuerza, consistencia. Aquella paleta de colores que entraba por la balconada, iluminando todas las estancias, era más potente que la propia conducta humana.

Adoraba despertarme los sábados en aquella casa. Me reconfortaba saber que todavía me quedaba pernoctar allí la noche del sábado, en aquella habitación y en aquella cama enorme, de cuyo cabecero colgaba un cable con un interruptor de perilla por si requería su presencia debido a algún terror nocturno o a alguna pesadilla. Solo en aquellos casos lo accionaría.

Los desayunos eran un festín, como si celebráramos algún acontecimiento. María Paniagua —así se llamaba la mujer que tenía empleada desde hacía mucho tiempo mi abuela— no debía de tener muchos años, pero era como una anciana. Tan solo se encargaba de los recados y se rumoreaba que empinaba mucho el codo.

Justo debajo de la casa de mi abuela había una tasca, algo mugrienta, a la que solo acudían los bebedores compulsivos. Entonces no existía Alcohólicos Anónimos ni nada por el estilo. Yo los observaba desde el balcón de mi abuela. Como buena curiosa que era, aquel ambiente también me llamaba la atención. Me entretenía observando cómo entraban y salían de aquel tugurio, de cuya pared principal colgaba la cabeza de un toro, decapitado en alguna antigua corrida, junto a unos carteles de tauromaquia sucios y descoloridos, impregnados de aquel hedor a vino y a humo de tabaco. El suelo estaba cubierto de serrín para disimular los desperdicios y escupitinajos de los clientes y al fondo se apilaban toneles de vino con el nombre escrito con tiza. La barra estaba siempre grasienta y disponían de una tapa única: un bacalao saladísimo, para alentar aún más las ganas de beber, y un puñado de habas secas, que se servían en papel de estraza. El tabernero portaba un delantal repleto de lamparones y llevaba una tiza blanca, sujeta en su oreja, para apuntar con un palo el número de vinos que llevaba cada cual. A medida que transcurría la tarde, el volumen de los clientes de aquella tasca iba subiendo al mismo tiempo que el grado de alcohol perruno en sangre.

Me llegaban los rumores. Eran conversaciones de borrachos, imposibles de descifrar si no pertenecías al gremio y estabas igual de embriagado. Los más cobardes se envalentonaban y hallaban solución a todo, dando golpes en la barra para aseverar su valentía. Entonces el tabernero llamaba al orden y hacía sus advertencias a los respectivos para que no se pasaran de la raya. Era un hombre hecho a medida para ese tipo de negocio y sabía cómo manejar a todo ese rebaño tan descarriado. Si decretaba no servir más alcohol a alguno por su estado lamentable, no existía discusión alguna, aunque era inevitable que, a altas horas de la noche, se enfrascaran en peleas. Entonces él mismo se encargaba de echarlos a patadas a la calle, sin ninguna contemplación.

De vez en cuando aparecía alguna prostituta sesentona de cuerpo irremediable, con dos arrugas profundas como surcos junto a las comisuras de sus labios, donde probablemente años antes tuviera dos hoyuelos salerosos. Eran mujeres desdentadas y fondonas, de papadas caídas y muslos blandos, con pechos que les llegaban a la cintura y que, cuando se acercaban a la barra a beber, apoyaban sobre la misma como si de un paquete pesado se tratara. Me llamaba la atención que fueran aceptadas como uno más.

Recuerdo que María Paniagua, entre recado y recado, entraba y se empinaba sus buenas copas de moscatel. Cuando llegaba a casa, la mitad de los recados habían caído en el olvido y mi abuela le regañaba porque sabía de su estado. Desinhibida, María hacía caso omiso a la llamada de atención de mi yaya. Entonces se colocaba su túnica morada de penitente, ataba el cordón dorado a su cintura y se dirigía a la iglesia del barrio del Real a cumplir con la promesa que tenía hecha a su to- dopoderoso Nazareno. Tenía el pelo larguísimo y se lo recogía en un moño o *roete,* como ella lo denominaba, impregnado de brillantina para fijarlo y no despeinarse. Apenas lavaba su cabeza porque decía que, si lo hacía, el agua entraba dentro de la misma. Una mañana la descubrí en su cuarto peinando aquel pelo suyo empobrecido, ralo, que le llegaba hasta el suelo. He de reconocer que aquella imagen me impactó. A mi edad, aquella mujer se me representó como la peor de las brujas de los cuentos.

Los sábados por la mañana era ella quien se encargaba de traer los churros calentitos para el desayuno. Previamente, mi yaya había cocinado aquellas cocas tan sabrosas de su tierra natal. Al rato aparecían mis amigas, que venían a recogerme para pasar parte del día en la primera piscina que abrieron,

¡todo un acontecimiento!, pero tenías que ser socia de aquel complejo para que te permitieran el baño. Recuerdo bien aquellas bolsas nuestras, tan bien equipadas, donde no podía faltar la Nivea o el *aftersun* ni, sobre todo, aquellos gorros que se te exigían para el baño junto con el carnet de socio. ¿Cómo olvidar aquellos primeros gorros que sacaron? Cuando lograbas ponértelos, era mejor no quitárselos, ya que al hacerlo una gran parte de tu cabellera se iba con ellos. Las mujeres lucían gorros floreados, con relieves de margaritas o con flecos que colgaban. ¡Era el último grito!

Un sábado, entre todas acordamos colar a Layla para que pasara un día de piscina con nosotras. Layla, que únicamente se había bañado en el inmenso mar en compañía de su madre y sus hermanos, no se hacía la idea de poder flotar en agua dulce. Habría que idear un buen plan para colarla sin llamar la atención.

Ahora que lo pienso, el portero era todo un personaje. Era un hombre entrado en carnes, basto —más que un conserje, parecía que se encontraba en medio del campo con una piara de cerdos tragando bellotas—. Delicadeza cero y presencia nula. Hablaba de forma tan vulgar que apenas se le entendía. Al entrar deducíamos que lo único que reclamaba era el carnet de socio y una vez dentro del recinto nos pedía que nos colocásemos el gorro. Nosotras, que éramos atrevidas y algo gamberrillas, lo toreábamos. Nos dirigíamos a él por un apodo que los chavales le pusieron, King Kong, por aquella película que nos cautivó. Había mucha semejanza entre su cara y la del aquel gigantesco gorila, por lo que aquel mote no pudo ser más acertado.

Jugábamos a enrabiarlo con nuestras travesuras. Cuando estábamos en el borde de la piscina, lo llamábamos y al acercarse nos tirábamos al estilo bomba para mojarlo, o nos quitábamos los gorros para que se enfureciera y como no podía tirarse al agua porque lo tenía prohibido y no sabía nadar escuchábamos sus reprimendas y gritos, seguidos de amenazas de expulsión que nunca cumplía.

En aquel recinto tan clasista y racista, donde solo eran admitidos los de piel blanca y apellidos españoles y según ellos prestigiosos, Layla lo tenía crudo para entrar por su color de piel morena rifeña. El plan improvisado fue el siguiente: le dijimos al señor King Kong que se alojaba en nuestra casa, que había llegado del África profunda y que su padre era uno de los hombres más ricos del mercado del petróleo, que había apoyado al régimen del excelentísimo durante el movimiento, aportando grandes sumas de dinero. Todo aquello se me ocurrió a mí y lo solté a toda prisa, sin dejar espacio para que el portero pudiera reaccionar o pensar y que le convenciera mi monserga. ¡Y vencimos!, porque Layla pudo entrar sin prohibición ni cuestión alguna.

Pasamos al vestuario y entre todas le propiciamos a nuestra amiga las prendas necesarias para el baño. Pasamos un día muy divertido de piscina. Recuerdo que el sol abrasaba y que algunos tontos y tontas miraban mal, entre cuchicheos, a Layla. Pero allí estábamos nosotras para defenderla ante cualquier adversidad.

Sacamos nuestros bocadillos, envueltos en el recién estrenado papel de aluminio, todo un avance para la conservación de alimentos. Como siempre, los devoramos con placer y casi sin hablar, del apetito que gastábamos. Layla no se defendía muy bien en el agua, así que todas estábamos pendientes de ella. Al final acabábamos en la parte que menos cubría. Creo que ni Layla ni ninguna de nosotras olvidaremos aquel día.

De regreso a casa de mi yaya, me esperaba mi última noche de pleno confort en su maravillosa vivienda, una buena ducha y después una exquisita cena. La comida que preparaba mi abuela alegraba mi corazón, pero lo hacía aún más el poder disfrutar de su compañía, viendo aquel programa musical tan ameno, *Pasaporte a Dublín*.

XIV

Una noche invernal de sábado, en la que el frío era tal que te mordía las orejas, Layla pondría rumbo a la famosa calle Temporal. Su nombre ya presagiaba alborotos, tumultos, trapicheos, vicios y todo el derroche de corrupción que se pueda imaginar. Ella, que siempre se caracterizó por ir por libre, no era de dejarse ver por estos lugares, de adentrarse por este tipo de ambientes ni por tugurios inhóspitos. Los garitos de esta afamada calle, tan transitada a diario, vivían su punto álgido los fines de semana. Su clientela era exclusivamente masculina: militares rasos o de alta graduación, funcionarios, comerciantes, banqueros, joyeros, policías, traficantes, proxenetas, chulos y delincuentes de turno, que quemaban su tiempo y su dinero con estas prácticas ancestralmente conocidas.

Los antros se caracterizaban por su escasa iluminación, bombillas ralas de luces rojas que colgaban de los techos sucios y roídos, paredes mal encaladas y cercos de humedad. La decoración era horripilante. Las mujeres prestaban sus servicios por un puñado de duros de la época. Aquel barrio era un territorio exclusivo para la prostitución, los trapicheos, las drogas y los pillos de poca monta. Alcanzaba su apogeo los finales de mes, cuando los miembros de la tropa cobraban y bajaban a dar rienda suelta a sus instintos como lobos hambrientos.

La famosa calle Temporal se ubicaba muy cerca del paso fronterizo con el país vecino. Después de la jornada laboral, al caer la tarde, acudían oleadas de paisanos a quebrantar sus costumbres y ritos religiosos. Las cervezas y el pescadito frito no les podían faltar, y de ahí pasaban a consumir bebidas etílicas de mayor graduación, como el *whisky*. Ante las peleas que se formaban, era rara la noche que no tuviera que intervenir la policía para poner orden.

Aunque todos sabíamos que Layla ejercía la prostitución, ella no encajaba en estos garitos. Era muy distinta a las demás, no seguía los cánones que allí se exigían y se negaba a que ningún chulo barato le llevara su vida. Corrían tiempos en que la figura varonil era el sumun. Un hombre, a diferencia de una mujer, tenía derecho a todo. Ellos eran los talentosos, los únicos que tenían voz, frente a las mujeres, silenciadas e invisibles. Bajo aquella doble moral impuesta, no estaba mal visto que los hombres, pese a estar casados por la Santa Madre Iglesia, frecuentaran estos tugurios. Aquello, como el coñac Soberano, era cosa de hombres. Las mujeres quedaban relegadas en sus hogares, eran consentidoras y hacían oídos sordos. Entonces ni siquiera podían acceder a la cuenta corriente del banco si su esposo no daba un previo consentimiento. El papel que se le exigía a la mujer era, simplemente, el de ser una buena esposa y madre. «Cuantos más hijos parieras, mucho mejor para la nación» era el lema de aquella moral nacional y católica.

El garito más glamuroso y distinguido de toda la calle era La Flor Norteña. A diferencia de los demás, en este la entrada estaba restringida. Se trataba de un club privado, con personal de seguridad y portero, que era el famoso Yassine, un tipo fuerte y corpulento, nacido en Rabat, que en varias ocasiones ganó títulos de boxeo. Los hombres que frecuentaban este club pertenecían a la clase media-alta de la sociedad: altos cargos militares, comisarios, banqueros, comerciantes, médicos, políticos o estraperlistas acaudalados. La convivencia de las diferentes culturas —musulmanes, judíos, cristianos e hindúes— estaba bien consolidada, sobre todo en estos ambientes, que habían sido bendecidos por sus respectivos dioses. En el club se ofrecían espectáculos. Solían representarse parodias satíricas que hacían referencia a situaciones o a personajes de la propia ciudad, pero el colofón de cada noche era la actuación de la gran *vedette* malagueña Sarita Clavel, una mujer bella que contoneaba su cuerpo espectacular al ritmo de los acordes de aquella música sensual. Sarita era la compañera sentimental de Yassine, el portero. Se querían mucho, pero a veces discutían violentamente por culpa de los celos. Él tenía ojos y piropos para todas las chicas, y eso a Sarita la alteraba hasta sacarla de sus casillas.

En el mismo club trabajaba una íntima amiga de Layla. Se habían criado en el mismo poblado, puerta con puerta, y sus madres eran buenas amigas. Aunque apenas tenían contacto, Layla la visitaba algunas veces. Ella sabía que para ver a su paisana tenía que estar presentable, así que aquella misma tarde fue al *hammam* y se acicaló como nunca.

A su amiga la llamaban la Tuerta. Le faltaba un ojo, que perdió en una pelea con una compañera de trabajo. Lo cubría con un parche. Aquello le aportaba un toque de distinción y de coraje superior al que ya tenía de por sí. La Tuerta hacía tiempo que no sabía de ella y se alegró mucho al verla. Como ya no estaba de muy buen ver para estar en el mercado, se encargaba de la barra del ambigú y por su veteranía desempeñaba funciones de gobernanta. Era dispuesta y perspicaz. Sabía manejar con éxito aquel ambiente. Dominaba la noche y sabía cómo complacer a las chicas. Sus años de prostitución quedaron atrás. Terminó casándose con un cabo legionario que la sacó de aquel mundo. Al obtener la nacionalidad española, pasó a ser considerada y respetada por todos en su gremio.

Mientras atendía a sus clientes sirviéndoles copas, en medio de tal alboroto conversaba con su amiga y la invitaba a un *fruit champagne,* una bebida azucarada, sin alcohol, que se puso muy de moda en aquella época. En el otro extremo de la barra había un hombre de aspecto agradable, corpulento y bien parecido, que iba vestido con uniforme militar. En su chupita se podía leer su nombre y por las tres estrellas de seis puntas se sabía que era capitán de cuartel. Bebía Old Parr solo, con hielo, en un vaso ancho que la Tuerta le rellenaba constantemente. Era un tipo misterioso. No hablaba con nadie, solo bebía. Se le notaba que era introvertido y conforme subían sus niveles de alcohol su semblante serio se tornaba cada vez más atormentado. Tenía un tic nervioso. Elevaba incontroladamente la parte derecha de su labio superior, sobre todo cuando se sentía observado, abrumado o creía no controlar la situación.

Aquella noche no dejaba de mirar a Layla. Estaba aún más bella que de costumbre. Aun sin pinturas ni abalorios, ella siempre resplandecía, no los necesitaba. Si no es por la Tuerta, que le advirtió de que el capitán estaba entregado a ella, Layla no se habría inmutado. Ella no llevaba intención de trabajar aquella noche, y mucho menos en aquel local. Solo había ido a visitar a su amiga. Sin embargo, cuando fue consciente de que era cierto que aquel apuesto militar no le quitaba ojo de encima, se sintió muy halagada. Nunca se había fijado en ella nadie tan bien posicionado. Sus servicios prestados iban dirigidos a otro tipo de público, más humilde, sin tantos recursos y con ninguna clase. Así que, casi de forma instintiva, comenzó a desplegar sutilmente sus mejores mecanismos de seducción. Por primera vez en su vida se sentía coqueta.

Minutos después, el hombre le indicó a la Tuerta, con un simple gesto de cabeza, que le sirviera una copa a su amiga. Layla, que jamás bebía alcohol, pensó que esta ocasión lo merecía y aceptó un *whisky*. Haciéndose la importante, se lo agradeció levantando su vaso, dirigiéndose a él. Luego, una vez metida en aquel papel de frívola y embriagada por los primeros sorbos de alcohol, se encendió un cigarro con artificiosa naturalidad —ella, que nunca fumó—. A la primera calada se le metió el humo en el ojo derecho. Como le escocía y empezó a lagrimearle, se miró en el espejo de la entrada del garito para corregir la pintura corrida.

Embriagada y eufórica, mirando al militar de reojo, fantaseaba. Enseguida dedujo que también él sufría como ella, quizá de distinta forma, pero en su cara asomaba la desgracia. De no ser así, ¿qué hacía en ese local, a tan altas horas de la madrugada, empapando de alcohol su cerebro como si de una esponja se tratara?

Quizá lo mejor sería asumir que volvería a dormir sola, pensó Layla, pero en el reducto nocturno que buscaba noche tras noche habitaba el miedo. A veces este se quedaba paralizado, la respetaba sin sobresaltarla, quedándose en un rincón, agachado. Sin embargo, había noches que ese mismo miedo aprovechaba cualquier ruido de la oscuridad y como un grito en mitad de aquel silencio salía de su escondite para saltar a traición sobre ella. Aquel miedo suyo era muy terco.

Tras unos minutos de monólogo interiorizado, Layla volvió a sus fantasías. Los dos eran ya mayores —él mucho más que ella— y parecía que ambos habían sufrido por igual. Tal vez podían llegar a ser buenos amigos e incluso compañeros de vida. Y puestos a soñar, ¿por qué no podían envejecer juntos, como la Tuerta con su *lejía*? Ella idealizaba a su amiga. Su vida había sido intensa, llena de aventuras y avatares. Sabía mucho del mundo, en general, y confiaba en su intuición y en todo lo que le decía.

Desde el rincón opuesto de la barra y envalentonada por los primeros sorbos de *whisky,* una Layla desinhibida por su embriaguez le lanzaba furtivas miradas sensuales a aquel capitán. En lo primero que se fijó fue en sus manos. Le gustaron; eran grandes y tenía los dedos largos y los nudillos fuertes. Pensó que estaban hechas para acariciar a una mujer, para hacerla gozar. Las suyas, sin embargo, no le gustaban. Estaban secas y agrietadas y sus dedos eran cortos y bastos. Disimuladamente, las escondió para que su admirador no las descubriera. Tenía que concentrarse en desplegar todas sus armas de conquista, como cuando un pavo real luce su plumaje. Esa noche pisaba fuerte, se sentía la mujer más guapa sobre la faz de la tierra.

Mientras seguía conversando con la Tuerta, le lanzaba miradas sensuales. A ratos dialogaban en *cherja* y de repente saltaban a un español casi perfecto. Su amiga era una superviviente del medio, astuta y ágil en el manejo de cualquier tipo de situaciones. Empezó desde lo más bajo y muy pronto aprendió a dominar el arte de buscarse la vida. En cierta ocasión, cuando era muy joven, pasó por la cárcel. Tuvo un chulo que la obligó a prostituirse y a vender drogas. Debutó en una especie de poblado de casuchas ínfimas, rodeada de miseria. Estaba ubicado cerca de un gran acuartelamiento, donde también sacaba sus pesetas lavando a mano los petates de ropa de los soldados. Era el tiempo de la heroína y entre colada y colada ella vendía sus papelinas. Todo lo recaudado era para su proxeneta. En una redada le echaron el guante y pasó casi un año privada de libertad.

La Tuerta era una mujer pequeñita, pero era muy bravucona. Tenía mucha fuerza física y en más de una ocasión la empleó en la prisión y en las riñas callejeras con otras prostitutas. Siempre salía victoriosa, porque era de las que no se rendían. En su estancia en la cárcel se había hecho algún que otro tatuaje rudimentario. En uno de ellos resaltaba el nombre de su madre y en otro, el nombre de Dios. Otro de sus rasgos característicos era su dentadura. Tenía varias fundas de oro y le gustaba exhibir aquella sonrisa dorada con sus clientes. Cuando salió de la prisión, ejerció la prostitución en varios antros de la famosa calle Temporal. En uno de ellos fue donde le vaciaron el ojo a consecuencia de una brutal pelea. Una vez recuperada, la contrataron para limpiar La Flor Norteña. Pronto se ganó la confianza de todo el personal y la hicieron gobernanta del club. Sería justo allí, en aquella misma barra en la que ahora se apoyaba Layla, donde su amiga conoció a su legionario, como ella cariñosamente lo llamaba.

—¡Cuánto tiempo sin saber de ti! —le dijo a su amiga Layla—. ¡Me tenías muy preocupada! Hará cuestión de un mes vi deambular por esta misma calle a tu padre, totalmente borracho, meado y cayéndose por las esquinas. Tuvo una trifulca por no querer abonar la consumición en un bar. Acudió la policía en sus lecheras y lo llevaron a la frontera, dando orden de que, por escándalo público, se le prohibía poner pie en territorio español —le contó.

—¡Pues no sabes cómo me alegro de que lo pusieran de patitas en la frontera! —le respondió Layla—. No quisiera volver a cruzármelo más en mi vida y me alegraría que se muriera pronto para que dejara en paz a mi madre y a mis hermanos —soltó tan tranquila.

Desde la otra esquina de la barra, con la voz rota y pasándose el pitillo de un lado a otro de la boca con un experto lengüetazo, gritó el militar:

—¡Eh, Tuerta! ¡Póngale a la señorita otra copa! ¡Invito yo! —le pidió, golpeando el culo del vaso sobre el mostrador de la barra.

La Tuerta le refirió una vez más a su amiga que tenía loquito al oficial de cuartel. Hacía tiempo que no se veían y mientras manejaba la barra y a la clientela trataba de aconsejarle bien sin dejar de servir copas. Les unía una raíz fuerte, procedían del mismo poblado y aunque la Tuerta era mayor que ella se habían criado juntas y la estimaba. Le aconsejó que aprovechara su juventud y lozanía, ahora que aún las tenía, y que se buscara un hombre bueno y español. No importaba que fuese guapo, feo o mayor que ella. No tenía que pensar en el amor; ese terreno a ellas no les correspondería, tal vez porque este era un lujo que precisamente ellas no se podían permitir. Sabían que, para hallar su seguridad en este mundo tan dispar y cruel que les tocó transitar, tenían que ser frías, nada apasionadas. Quizá con el tiempo llegarían los sentimientos de querer y cariño.

—¡Mírame a mí! —le pidió a su amiga, enérgica—. ¡Con toda la miseria y las vicisitudes que pasé y con lo puta que yo he sido, mi legionario ahora me trata como a una reina! —concluyó satisfecha—. Ahora sí que puedo ayudar a mi madre y al resto de mi familia, que tanta falta les hace.

Su marido estaba delicado de salud y tampoco tuvo una vida fácil. Fue muy pendenciero y en el ejército recibió un trato vejatorio, exprimiéndolo como un limón. Pese a todo, era muy bueno con ella. Todo le parecía poco para su Tuerta.

—¡Mira estas pulseras! —le indicó, mostrándoselas orgullosa—. ¡Oro macizo de las joyerías *españolías,* que son las valiosas! ¡No para de llenarme de oro, de regalos! ¡Como una reina, ya te digo yo! —concluyó, satisfecha.

Si seguía trabajando era porque era muy hacendosa y estaba muy bien considerada por sus jefes. Después de todas las penurias que tuvo que sufrir, ahora quería vivir bien, sobre todo para que no le faltara nada a sus dos hijos, nacidos de la relación con su *lejía.*

Layla, afectada ya por los dos *whiskies* que llevaba en su cuerpo sin estar acostumbrada, escuchaba con mucha atención a su amiga, sin perder detalle de todo cuanto le contaba. Abrumada por las historias de la Tuerta, por el alcohol, por las miradas de deseo que le lanzaba el militar desde el otro lado de la barra y por toda la carencia de afectividad y cariño que proclamaba, llegó a varias conclusiones. Cuando se acostaba con un hombre a quien no quería ni deseaba, sentía asco y repulsión. Seguidamente, se sentía infravalorada, como un guiñapo, y tan sucia que ni el agua con jabón podía arrancar aquella inmundicia.

Pensando en su seguridad y estabilidad, rumió que todo cuanto le aconsejaba la Tuerta era acertado, así que no había tiempo que perder. En mitad de aquella euforia, le asaltó aquella engañosa lucidez y se dejó llevar por sus pensamientos, que se agolpaban como gatos maullando en su cabeza. Al cabo de unos minutos, sintió que le apetecía estar con aquel apuesto militar que la llenaba de atenciones y llegó el momento del cortejo, de la aproximación. Afectado por su ebriedad, el capitán sacó uno de los cubitos de hielo de su vaso y se lo restregó por la frente sudorosa. Enfundó todo su armamento de modales exquisitos, caballerosos, todos ellos aprendidos como cualquier otra asignatura más de las enseñanzas propias de la academia militar.

Si se acercó a Layla fue por su borrachera. Era uno de esos hombres siniestros que en condiciones normales no eran capaces de acercarse a ninguna mujer. Comenzó a adularla con frases hechas, preconcebidas, como jamás nadie lo había hecho. Ella, inocente, recibía sus palabras como un bálsamo caído del cielo. Nadie se había dirigido jamás a ella de esa manera. De cerca, con su despliegue de modales y las estrellas que lucían en su pecho, le pareció aún más atractivo. Por unos instantes, todo aquel amasijo de sensaciones que le asaltaban consiguió elevarla sobre una nube.

Él era el típico hombre solitario que frecuentaba ese tipo de locales como si se tratara de su segunda casa. Se sentía cómodo en aquel submundo, pavoneándose entre las prostitutas, a quienes pagaba para someterlas a su antojo. Nunca se atrevió a establecer relación alguna con otro tipo de mujeres. Era evidente que alguna tara escondía.

La pobre Layla se quedó extasiada al sentirlo tan próximo. Se limitó a observarlo, porque en realidad, por su verborrea de borrachuzo, no entendía nada de cuanto este le contaba. Bebía como un cosaco mientras su *jeep* militar, con soldados incluidos, le esperaba en la calle, camuflado en una esquina, hasta nueva orden de su mando.

La desgracia de Layla era que albergaba desgarros de soledad y pánico, como si la hubieran arrojado viva al fondo de un pozo, de un abismo. Por eso necesitaba gente a su alrededor, fuera cual fuera. A tan altas horas de la noche, el militar no paraba de contarle historias, monólogos de borracho, pero a ella poco le importaba con tal de tenerlo cerca. A pesar de aquella compañía tan grotesca, se sentía protegida y agradecida de que la hubiera elegido a ella y no a otra. «¡Por fin se acerca a mí alguien respetable y distinguido!», pensaba triunfal. Torpe, tambaleándose, él se fue arrimando a ella. La besó en la boca, apasionadamente. Al menos así lo sintió Layla, que jamás en sus años de carrera dejó que la besara nadie.

Entre trago y trago, le contó que era de Madrid, que procedía de familia de militares y que su padre estuvo destinado con la familia en pleno protectorado español hasta la finalización del mismo. Luego formó parte de los ministerios del caudillo, desempeñando un alto cargo. Sus hermanos eran todos militares, a excepción de uno, que fue médico cirujano, pero, por supuesto, castrense.

Todas sus hermanas estaban muy bien casadas con altos mandos del Ejército. Él era la oveja descarriada de su familia.

Cuando estaba borracho era cuando afloraban sus verdades más ocultas. Odiaba el mundo militar, pero bajo ningún concepto se atrevió a contradecir a su padre. Tras varios ingresos fallidos en la academia general y sin que su padre quisiera interceder, optó por presentarse a la básica. Al tercer intento consiguió ingresar, le confesó a la pobre Layla, que lo seguía escuchando absorta, ya con sueño en sus ojos. También le dijo que carecía de vocación castrense, de espíritu de disciplina y de lucha y de toda esa pantomima que le contaron en la academia. Era uno de tantos frustrados, un desgraciado más, víctima de la educación intransigente, férrea y dictatorial de su odiado y temido padre.

Con el paso de los años fue ascendiendo en su escala, aunque no como a su padre le hubiera gustado. Siendo ya algo mayor, llegó a oficial. En definitiva, terminó con estrellas y estrellado. Estuvo casado y tuvo dos hijos, pero, por razones que eludió mencionar, no volvió a saber nada de ellos. Era un despojo glorioso.

Llegado el momento, cuando su cuerpo no aguantaba más alcohol, le propuso a Layla subir a una habitación, dejando caer sobre la barra, con fanfarronería, un billete tras otro. ¡Pobre Layla! Nadie había pagado nunca esa cantidad tan desorbitada por ella y accedió encantada.

No transcurrió ni media hora cuando detrás de la puerta empezaron a escucharse gritos de pánico, golpes, bofetadas, patadas y rotura de cristales. A Layla le estaban propinando una brutal paliza. Aquel sádico la reventó a golpes, mordiéndole como un perro rabioso en la cara y en el resto de su cuerpo. Temiendo por su vida, tuvieron que romper la puerta. Layla quedó inconsciente. No tardó en llegar la ambulancia que la trasladó al puesto de socorro y desde allí al hospital, donde fue ingresada por una larga temporada. Su estado era muy crítico. La policía acudió al club a tomar declaración, pero al individuo lo dejaron libre. Total, tan solo se trataba de una puta más. Entonces el maltrato hacia la mujer no se castigaba ni de lejos. Recuerdo aquellas frases hechas, malsonantes y devastadoras, sobre todo cuando eran pronunciadas en boca de las propias mujeres: «¡Ella se lo buscó!». «¡Seguro que lo provocó!». «¡Tal vez le quiso robar!».

Al día siguiente, el capitán volvió al cuartel como si nada hubiera ocurrido. Tiempo después supimos que le apodaban el Malvado y que era temido por su sadismo. Abusaba de su autoridad y empleaba la violencia para su propia satisfacción. ¡Cuánto se arrepentiría su amiga de haberla alentado a que se lanzara a sus brazos!

XV

El mar estaba alterado. Había olas de casi tres metros y el día era gris. Todo presagiaba que algo sucedería de un momento a otro, y sucedió en el preciso instante en el que el fuerte viento de levante cerró de un portazo mi infancia, justo a los trece años. Con ellos se esfumaron mis juegos y mis sueños de niña.

Mi yaya, mientras cosía, me repetía que siempre había que regresar al espíritu de la infancia para poder encontrarlo todo. ¡Qué razón tuvo siempre! Así fueron transcurriendo mis etapas por la vida, con sus ajetreos, aciertos y errores. Hoy ya soy madre y peino canas camufladas, como algunos de mis sentimientos, pero cuando me siento confusa y no hallo sosiego ni paz, me imagino de niña y todo se calma. Me veo corriendo hacia los brazos de mi madre, que me agarra fuerte, me come a besos, me levanta y me da vueltas, lanzándome al aire. La luz en el parque es apetecible. Es verano y hay muchos niños con los que jugar. Mi madre me llama a voces: «¡A merendar!». Dejo mis cromos y cojo el bocadillo entre mis manos, dispuesta a engullirlo a grandes bocados. El pan crujiente grita a cada mordisco. Después de una tarde de juegos agotadora, agarro con fuerza la mano de mi madre y regresamos a casa. La observo desde mi metro escaso de estatura. Me parece la mujer más hermosa del mundo. Posee una melena tal que los peines no consiguen doblegarla. Su piel es blanca y sus manos, las que me protegen, aquellas que me acarician, son dignas de una reina de cuentos.

Mi yaya también solía decirme que la felicidad no podía contarse. ¡Qué sabia era!

Una vez en casa, mi madre tararea una canción, *Con un sorbito de champán*. Entona muy bien, me sonríe cada vez que me mira y se cruza por los pasillos de casa. Es muy dispuesta, me prepara el baño, me enjabona con delicadeza y sigue cantando. Luego me deja que juegue en la bañera durante cinco minutos mientras prepara mi cena favorita, patatas fritas con huevo. Jamás en toda mi vida volví a paladear aquel sabor. Mientras ceno, ella se sienta a mi lado, atenta a que no me falte de nada. Cuando termino, me lleva al baño, donde hago pis y me hace lavar los dientes. Al acostarme, me recita oraciones que quedaron grabadas en mi memoria. Me apretuja, me besa, me hace cosquillas, acomoda mi cama, remete las sábanas y me desea felices sueños.

XVI

La noticia de la brutal paliza que le propinaron a Layla se propagó por toda mi ciudad. Incluso llegó a salir en las páginas de sucesos del famoso periódico *El Caso,* aunque, eso sí, omitiendo siempre el nombre del salvaje que se la dio. La gente que la apreciaba de verdad lo sintió mucho y durante semanas fue tema de conversación en aquella pequeña ciudad, en la que casi nunca ocurría nada interesante. Se hablaba de ella en los corrillos callejeros, en los bares y en aquel parque al que ella acudía con asiduidad.

Una semana después quedé con mis amigas para visitarla en el hospital. De camino paramos en la pastelería favorita de Layla, aquella en la que la vimos tantas veces, con la cara pegada al cristal de su escaparate, ensimismada por tantas delicias. Compramos una caja de pasteles variados, cada cual más apetecible. Sabíamos que se pondría contenta. Yo necesitaba verla, saber de ella. Desde que me enteré de lo sucedido, me encontraba aturdida y triste. Necesitaba comprobar con mis propios ojos que se estaba recuperando. Sabíamos que ella no se caracterizaba precisamente por ser débil ni quejica. Su espíritu era fuerte e incansable.

En la puerta del hospital preguntamos al portero, quien, radio en mano, andaba distraído escuchando al gran Matías Prats.

—Por favor, ¿sería tan amable de orientarnos para visitar a una amiga que está ingresada? —le pregunté.

El portero, que no estaba dispuesto a perderse los últimos minutos de la retransmisión del partido, nos señaló con astucia y rapidez a un celador que pasaba por allí. El señor, que era muy agradable, nos acompañó hasta la entrada del recinto en el que se encontraba Layla. Era el último pabellón de aquel pasillo infinito, conocido como San Damián. Entonces estaba destinado a la beneficencia, a todas aquellas personas que contaban con escasos recursos o que estaban sumergidas en la miseria más absoluta. De aquel pabellón se encargaba un grupo de monjas. La gente pudiente hacía donaciones, sobre todo señoras de buena posición que, aburridas de tanto bienestar, ocupaban sus vidas y su tiempo en aquella obra caritativa. Cada una de ellas tenía asignado a sus pobres correspondientes.

El largo pasillo se hacía interminable. Era tan sombrío y tan desolador que, conforme lo atravesabas, te daba la sensación de que el frío se te metía dentro del cuerpo. Como pueden imaginar, los pabellones «de primera» quedaban cerca de la entrada del hospital. El que le tocó a mi amiga era lúgubre y oscuro como un túnel desolado. El hedor era nauseabundo, una mezcla de sangre seca ferrosa, Zotal, lejía, desinfectante, alcohol y comida, todo ello mezclado con el olor a enfermedad que flotaba en el ambiente.

Mientras avanzábamos por aquel pasillo desconocido, perplejas, aceleradas y temerosas, escuchábamos salir de las distintas habitaciones todo tipo de quejidos, suspiros, lamentos y gritos de dolor desesperado. Detrás de nosotras distinguíamos el arrastrar de pies de los pacientes que salían de sus habitaciones a dar paseos pausados en plena convalecencia. Se oía el golpeteo de muletas contra el suelo, el deslizar de sillas de ruedas, el traqueteo del pie del gotero al golpear con el cristal del suero, el chirriar de los carros precarios que repartían el desayuno, con sus ruedas oxidadas y aquel aroma de leche de vaca humeante. También reconocíamos los sonidos de los platos de loza blanca, ya descascarillada por el uso, y el tintinear del vidrio y de los cubiertos que se caían al suelo —y que más tarde una enfermera nos desvelaría que era un presagio de un nuevo ingreso—.

Al pasar por el control de enfermería, oímos una voz solemne, autoritaria. Se trataba de una monja que nos recibió con jeringuilla en mano.

—¿A quién buscáis? —nos preguntó la hermana, que resultó ser la jefa de enfermería de aquel pabellón.

—¡Buenos días, hermana! —me adelanté yo, respondiéndole—. Buscamos a una chica. Su nombre es Layla. La ingresaron por una brutal paliza —le solté del tirón.

Recuerdo que la mirada de la monja fue de desaprobación y examinándonos de arriba abajo nos preguntó irónicamente:

—Pero ¿vuestros padres saben de vuestras amistades?

Nosotras nos hicimos las sordas y sin pronunciar palabra alguna asentimos con nuestras cabezas. La hermana iba ataviada con un hábito blanco e inmaculado. Sus antebrazos estaban cubiertos por unos manguitos y un delantal rodeaba su cintura prominente. Constantemente cargaba jeringas y preparaba la medicación oral para toda aquella planta, poniendo toda su atención para no equivocarse.

Aquel cuarto se destinaba a almacén y también era el lugar en el que se realizaban las curas. Era igual de frío que el resto del pabellón, totalmente aséptico e higiénico. En medio del mismo se hallaba una camilla de hierro tosca, blanca, vestida con paños relucientes y bien planchados. Alrededor se disponían diversas vitrinas altas, anchas y acristaladas. En una de ellas se encontraba todo el material quirúrgico necesario para curas: bombonas de acero donde guardaban apósitos, algodones, torundas, compresas, gasas y pinzas. En un rincón se agolpaban pesadas balas de oxígeno. Los armarios destinados a almacenar la medicación oral y los inyectables estaban perfectamente ordenados alfabéticamente.

Finalmente, la enfermera jefe nos dijo el número de la habitación de Layla y le ordenó a una compañera que nos acompañara hasta la misma.

En el trayecto por aquel pasillo tubular me notaba intranquila. Estaba deseando verla y tenía ganas de que se acabara aquel preámbulo, aunque intuía que su estado sería devastador. De una de las habitaciones contiguas salían llantos desesperados. Alguien había fallecido y los familiares, consternados, salían al pasillo. Una vez más, la muerte se detuvo ante alguien, tal vez para librarle de aquella antesala de sufrimiento.

Recuerdo que una vez una monja a la que apreciaba me confesó que su trabajo al lado de los enfermos era muy gratificante, tanto en su proceso de recuperación como en el de su final, porque entre ambos se creaba una confianza especial, en la que no cabían secretos. Me contó que le satisfacía poder acompañar al paciente en su recuperación e incluso en sus últimos momentos de vida. Aquello me marcó de tal manera que muchos años después decidí estudiar Enfermería.

La enfermera que nos acompañó hasta la habitación de Layla portaba una batea repleta de jeringas para su debida administración. Iba debidamente uniformada, con una especie de bata con rayas en tono rosa pastel envuelta en un delantal blanco. También llevaba unas medias blancas tupidas y una pañoleta en la cabeza, donde quedaba recogido todo su cabello, sin que se desprendiera ni un solo pelo.

El mandato férreo que ejercían las religiosas causaba orden y concierto —gustara o no—. Recuerdo la sensación que nos asaltó cuando entramos en aquella habitación fría, que parecía estar rodeada de una laguna de soledad. En ella había tres camas blancas esmaltadas, algo descascarilladas, separadas unas de otras por cortinas que se deslizaban al compás de un chirrido de rieles oxidados. Ella se encontraba en la cama del fondo. Estaba tumbada de lado, en posición fetal. Ni se inmutó cuando entramos. Estaba absorta, con la mirada dirigida a un ventanal que daba a un jardín desangelado, descuidado. Yo no quería saber lo que pasaba por su mente en aquellos instantes. Verla en aquella cama fría, abandonada a su suerte, dolorida y triste, me impresionó tanto que llegó a causarme dolor físico. Cuando se dio la vuelta, sus grandes ojos negros, amoratados y edematizados a causa de los golpes, translucían dolor y tristeza.

—¡Qué alegría que hayáis venido a verme! —exclamó, simulando una alegría que no tenía.

Noté que no quería detener su mirada en nadie en concreto, que la desviaba para que no descubriéramos su amargo dolor. Me emocioné al comprobar su estado. Su mirada era piadosa y tierna, y yo procuré que no se diera cuenta de mis incipientes lágrimas. Respondí por todas, tragando saliva:

—¡Te echábamos de menos en nuestro banco del parque! —le dije con toda la alegría que pude recabar.

Nos queríamos profundamente de la manera que ella se dejaba querer, sin cuestiones ni ataduras de por medio. Noté que su mirada resucitó al tenernos cerca. Como pudo, sin quejarse, se incorporó. Entumecida e inflamada, su cara era un cuadro macabro, repleto de mordeduras, arañazos y hematomas. ¡Menuda bestia era el indeseable que se los propició!

Disimuladamente, nos sonrió para quitarle hierro al asunto y no preocuparnos. Siempre fue muy generosa y enseguida se atrevió a gesticular y a hacer muecas, bromeando acerca de su estado tan horripilante. Con su sentido del humor, en esta ocasión algo oscuro, frívolo, intentaba explicarnos, mediante gesticulaciones, cómo fue la paliza y cómo se enfrentó a él para sacarnos una sonrisa. ¡Pobre! Tal y como acostumbraba, ella intentaba tranquilizarnos para sacarnos una carcajada.

Al rato llegó una monja refunfuñona, con cara de muy malas pulgas. Venía a repartir la medicación y de camino a incomodar con su presencia a pacientes y visitantes.

—¡Oye, tú! Te habrás duchado, ¿no? —increpó a Layla.

Ella respondió afirmando con su cabeza. Cuando la monja se giró para salir, Layla se apresuró a imitarla con toda su gracia. Al final le sacó la lengua y aquello fue el detonante para que estalláramos de risa. Seguidamente entró una auxiliar. En realidad, con el trasiego que hay en los hospitales apenas te dejan descansar entre una y otra función. Esta última era muy dicharachera y risueña, se notaba que les subía el ánimo a los enfermos con su proceder. Soy de las que opinan que la medicación es esencial para la recuperación de un paciente, pero el trato humano recibido es fundamental para su sanación.

La auxiliar repartía las bandejas de la cena mientras canturreaba: «¡Un rayo de sol, oh, oh, oh, oh, en mi corazón, oh, oh, oh!». Era evidente que aquella sanitaria le alegraba a Layla su estancia en el hospital.

—¡Layla, la bandeja la quiero ver vacía cuando vuelva! —le advirtió— ¡Te quiero ver cuanto antes por las calles de la ciudad sana y salva! —le dijo sonriendo.

Era tan expresiva y tan elocuente que venía echando humos sobre otra hermana del pabellón. Al parecer, aquella mañana le tocó acompañarla en las diferentes curas de los enfermos.

—¡La próxima vez que la vea acercarse a mí me escabullo! —nos contó alterada—. ¡Poco faltó para que echara el hígado por la boca! —repetía endemoniada.

Por lo visto, sor Blanca carecía de olfato y aguantaba el tiempo que fuera necesario en habitaciones cerradas con pacientes gangrenosos, oponiéndose a que el resto de los sanitarios abandonaran la habitación hasta que ella lo dispusiera. Todo el personal temía tener que auxiliarla en ese tipo de curas tan desagradables. La sor no mostraba ninguna consideración por su personal, nos terminó contando la auxiliar mientras se iba alejando dando algunos pasos de baile modernos por aquel siniestro pasillo.

Pese al estado en el que todavía se encontraba Layla, yo sabía que en breve saldría de nuevo a la vida, a sus andanzas, a sus derroteros.

XVII

A Layla por fin le dieron el alta, pero esta vez no regresó a la calle, que era su libertad añorada. La beneficencia acordó internarla en una especie de reformatorio regentado por religiosas. El cometido de esta institución era cobijar a los desamparados y sobre todo guiar a las ovejas descarriadas de Dios, que se habían desviado del camino. Aquello le suponía un aislamiento puro y duro de todo el exterior. Los dogmas a seguir serían obediencia, sumisión, separación del mundo exterior, oración y fregar y requetefregar, sin remuneración ni cotización alguna.

Con el paso de los años, me doy cuenta de que la misericordia es el refugio de lo débiles que solo perdonan para asegurarse de que ellos también serán perdonados.

Layla no estaba acostumbrada al encierro. Su libertad era el único tesoro que poseía y cuando se vio allí dentro, tan indefensa y tan acorralada, le invadió una ola de pánico. Ella era brava y tozuda como una mula, pero tuvo que procesar ese momento por el que transitaba, calmarse y tirar de su perspicacia. De lo contrario, su próximo destino hubiera podido ser alguno de los manicomios de entonces o ser devuelta a territorio marroquí, y eso no podía suceder, ya que sus hijas permanecían en aquella ciudad. Así que no le quedó otra que obedecer y aunque estaba maravillosamente perturbada fue astuta e inteligente como la espléndida superviviente que demostró ser en cualquier medio que la pusieran.

Lo primero que hicieron las monjitas fue darle un buen corte de pelo —por aquel entonces, las religiosas estaban obsesionadas con el pelo ajeno—. Casi la raparon en su totalidad, colocándole una bata gris, como al resto de las chicas. Por su madre y por sus hijas juró portarse bien, acatar las órdenes y pasar lo más desapercibida posible. Fregaba tanto que sus manos se descamaron por usar aquellos productos abrasivos. El día amanecía entre rezos, la noche llegaba de la misma forma y entretanto se alternaban los rosarios y las novenas.

Todavía recuerdo aquel momento. Un día volví al hospital y me encontré con su cama vacía. Aquello me asustó, pero luego me informaron de su paradero y entonces sí deduje que por un tiempo largo dejaríamos de vernos.

Todos los domingos teníamos por costumbre salir, con mi familia al completo, al país vecino. Cruzábamos la frontera muy temprano para poder disfrutar bien el día. Era de rigor acudir a Nador, donde realizábamos nuestras compras pertinentes: mantequilla pura, chocolates franceses, crujientes panes recién horneados, dátiles, especias y verduras frescas. Una vez finalizadas las compras, nos reuníamos con otras familias conocidas para almorzar en el Gran Hotel Rif.

Recuerdo que antes de atravesar la frontera teníamos que pasar por la puerta del colegio donde se encontraba Layla. La echaba de menos. Me preguntaba cómo seguiría y cuándo volvería a verla, aunque a ratos me consolaba pensar que aquella era la mejor opción hasta que se recuperara por completo y recobrara fuerzas para sobrevivir fuera de allí. «Al menos allí está más protegida», pensaba yo. Tener que malvivir en aquellas calles era peligroso.

Tiempo después me contó que consiguió acercarse a una hermana que la apreciaba y con la que se encontraba muy a gusto. El lugar destinado de aquella sor era la portería del centro, pero, una vez finalizada su labor allí, se dirigía a la cocina para disponerlo todo. Precisamente allí fue donde colocaron a Layla. Trabajaba mucho, pero aquello le gustaba, porque los días pasaban volando y llegaba a la noche rendida, sin tiempo para darle muchas vueltas a su cabeza. Su día transcurría entre cacerolas, sartenes y fogones. Jamás lavó tantos platos ni ollas de dimensiones tan gigantescas.

La hermana Asumpta le tomó mucho cariño y empezó a considerarla. Entre ambas se afianzó una buena unión y pronto pasó a ser su preferida. Le enseñó todo lo referente a llevar una cocina e incluso recetas de guisos y platos que, una vez aprendidos, elaboraba rozando la perfección. Layla aprendía rápido y ponía todos sus sentidos en las explicaciones de su monjita rechoncha.

Entre guiso y guiso, hacían una pausa para el rezo. Layla aprendió con idéntica rapidez aquellas oraciones, que repetía de carrerilla en cualquier situación, como una cotorra. Cuando se hincaba de rodillas con cubo y trapo en mano para fregar el suelo de las escaleras, alzaba la voz recitando sus oraciones, una detrás de otra, sin orden ni concierto, incluso sin saber su significado. A pesar de ello, se sentía orgullosa de su aprendizaje y de su memoria prodigiosa.

El comportamiento de Layla era ejemplar, se amoldó a la perfección y no se separaba de su querida hermana. Su progresión en el ejercicio de labores domésticas en general era espectacular. Trabajaba con mucha entrega y tesón. No se le resistía ninguna mancha que sacar de la ropa, también dominaba bien la plancha e incluso se atrevió con la aguja, realizando ajuares encargados para las niñas casaderas de las familias potentadas de la ciudad.

Cada vez que alguna de las chicas internas dejaba el colegio para incorporarse a la vida, se le preparaba una fiesta de despedida. Decoraban el patio con guirnaldas y globos, preparaban emparedados y refrescos, mientras que en el tocadiscos sonaba *La chica yeyé*. Era entonces cuando todas salían a bailar. La hermana Asumpta, la más atrevida, era la primera a la que se le iban los pies, armando un gran revuelo entre carcajadas.

A la vuelta de nuestro gran domingo familiar, cantábamos en el coche, con mis padres y hermanos, los últimos éxitos del Festival de Eurovisión, que mi padre, con toda la paciencia del mundo, había conseguido grabar la noche antes con todo su cariño y con aquel magnetofón rudimentario. En aquella edición ganó Massiel con su famoso *La, la, la*.

Y de nuevo, próxima a la frontera, volvía alzar la mirada hacia aquel edificio en el que se encontraba mi amiga. Cuando veía a algunas de aquellas chicas asomadas, agarradas a las rejas, entendía lo privilegiada que era y agradecía mi libertad y el bienestar del que gozaba. Recuerdo que miré al cielo —tenía tendencia a quedarme en mi mundo exclusivo y a contemplarlo todo desde allí—, deseándole a mi amiga la mejor de las suertes y entendiendo que la felicidad ni se regala ni se fabrica, solo se inventa.

Layla llegó a querer a su monja, que tanto la protegió y enseñó. De alguna forma, quiso recompensarla, bautizándose por amor a su hermana favorita, quien eligió para ella el nombre de Lucía, que tanto le gustaba.

Ya había pasado más de un año desde que llegó allí. Reunida toda la congregación, a propuesta de la hermana Asumpta acordaron que, por buena conducta y por conseguir formarse en el desempeño de todas las tareas domésticas, su estancia en aquel lugar había concluido. La recomendaron para trabajar en una casa, en la que ejercería por un tiempo como trabajadora doméstica.

La despedida entre mi amiga y la hermana fue muy emotiva y como era de esperar también resultó ser algo desgarradora. Serviría en la casa de un matrimonio sin hijos recién llegado a la ciudad. Él era militar infante y había sido destinado por tres años. La mujer padecía una enfermedad degenerativa que mermaba casi a diario su salud y precisaba de ayuda constante. Aquel fue el destino inmediato de Layla.

XVIII

Como expliqué anteriormente, los domingos mi familia al completo cruzaba la frontera marroquí para pasar el día. Reconozco que me sentía privilegiada, porque no todo el mundo tenía esa suerte y en nuestro caso el extranjero se encontraba a escasos metros de distancia. A veces, cuando acompañaba a mi padre a la carnicería de Beni Enzar, íbamos a pie.

Mi ciudad era la segunda urbe modernista española y contaba con un gran número de edificios de este estilo. Cuando cruzábamos la frontera, de repente nos topábamos con un país completamente distinto al nuestro, apenas urbanizado, con paisajes agrestes y de distinta religión, cultura y costumbres. A medida que nuestro coche avanzaba por aquellas carreteras sin asfaltar y sin señalización, disfrutábamos de aquellos paisajes, que nos transportaban a otra época. Una vez traspasada la frontera, todo se tornaba distinto: los colores, el bullicio, atuendos diferentes, los sonidos de otro idioma y aquellas gesticulaciones exageradas y encantadoramente diferentes.

El paso fronterizo era más fluido según la hora del día. Las alambradas que marcaban los límites de un país a otro eran muy rudimentarias y de poca altura. Había trozos rotos por cuyos huecos de alambres retorcidos se podía cruzar sin dificultad. Me llamaban la atención aquellos bigotes heráldicos, tipo chevrón, que lucían orgullosos los policías marroquíes. Creo que los llevaban para acentuar su autoridad. Nunca me sentí extranjera en ese país, tal vez porque me consideraba rifeña de nacimiento y aquello era como una continuación de mi propia existencia, una proyección de mis raíces. El Rif, tan míseramente descuidado y olvidado, era a la vez romántico y sublime, quizá por todo lo acontecido a lo largo de su historia.

Para paliar el frío que hacía en el interior de sus casas, utilizaban innumerables mantas con motivos diferentes, de muchos colores, que durante el día ventilaban y azotaban en el exterior de sus viviendas. Era muy normal ver faenar a las madres en sus quehaceres diarios domésticos y rurales portando a sus espaldas a los hijos, envueltos en una especie de paño que anudaban con maestría a sus castigados cuerpos. Aquel apego a sus madres, aquel roce constante, les ayudaba a crecer seguros y felices.

Las casitas que veíamos al paso por la carretera eran muy humildes. Parecían estar cementadas y algunas daban la impresión de estar inacabadas. Las puertas estaban pintadas de colores estridentes. Según me contaron, las pintaban así para alejar el mal de ojo. Solían ser viviendas de una sola planta. A partir de un patio grande, se distribuían las habitaciones. Dormían en el suelo o en *tarbas*[4] de madera.

Recuerdo que atravesábamos muchos poblados hasta llegar a nuestro destino. A nuestro paso se armaba un revuelo. Los niños salían a saludarlos desde cualquier rincón, ágiles, con sus zancadas veloces, mostrando sus mellas entre sonrisas. Siempre nos recibían alegres junto a sus burros, que eran muy necesarios y muy preciados en aquella época, tanto que parecían formar parte de la familia. Sus cuidados hacia estos animales

---

[4]   Especie de sofás marroquíes acolchados y sin respaldo.

eran exquisitos. Los utilizaban para las labores del campo y para transportar los productos recolectados en sus huertos, que después vendían en el zoco más próximo.

También recuerdo las quejas de mi padre, su desesperación ante el tráfico caótico del país.

A lo largo del recorrido me fijaba en todas aquellas banderas rojas ondeando, que simbolizaban a los descendientes de Mahoma, con su estrella verde, del color del islam. Tenías la sensación de que te daban la bienvenida desde cualquier perspectiva del paisaje, mostrando su hospitalidad. En este aspecto, nuestros vecinos eran únicos. La foto de Hassan II, siempre sonriente, presidía cualquier establecimiento al que entraras.

Dejando atrás Beni Enzar, me fascinaba bajar la ventanilla del coche y contemplar el monte Atalayón, situado en la albufera de la Mar Chica, de donde se extraían langostinos mucho más sabrosos que los de Sanlúcar. Era entonces cuando mi imaginación, mi amiga loca e inseparable, echaba a volar. El palmeral del Atalayón se me figuraba como un espléndido oasis frondoso donde yo forjaría mis fantasías.

Un momento importante era nuestra llegada a Nador, que durante los años 20 fue considerada como capital. Me fascinaba su trazado de calles espaciosas, de diseño octogonal. Destacaban por aquel entonces sus casitas blancas encaladas y aquellas carreteras de tráfico peligroso en las que, además de los escasos coches, te encontrabas con motos y bicicletas, cargadas como rascacielos de cosas inimaginables e inauditas —desde una nevera hasta borregos, pasando por dormitorios completos o aparadores—, que se mezclaban en una coreografía extraña, en la que solo los lugareños sabían llevar el ritmo de aquel baile acústico.

Los panaderos repartían los panes que sacaban de sus maleteros particulares. Los puestos ambulantes de zumos se establecían en cualquier esquina. Recuerdo asimismo los palos de madera en los que se envolvía aquel caramelo dulce que se arrancaba con navaja para repartir en porciones —con el tiempo supe que se llamaba arropía—. También estaban los carros de pasteles caseros, adonde acudían las moscas en tropel. Todo ello sin pasar por ningún control de sanidad.

Una parada obligatoria era la tienda de Sidi Hamed. Era un hombre pulcro, honorable y respetuoso, que siempre nos recibía con la mejor de sus sonrisas y con una bandeja de té moruno, que degustábamos mientras mis padres realizaban las compras con tranquilidad. Si mis vecinos destacaban por algo, era precisamente por su sosiego. Nunca se mostraban ansiosos y las prisas no formaban parte de sus vidas. La tienda estaba provista de todo tipo de género, perfectamente ordenado en unas estanterías repletas que llegaban casi hasta el techo. Además de los productos de la región, también encontrábamos muchos franceses. Lo que más nos gustaba a mis hermanas y a mí eran aquellas tabletas de chocolate que se te deshacían en la boca. Y cómo olvidar el olor, aquella agradable mezcla de especias que siempre me acompañó.

Al concluir las compras, acudíamos al Gran Hotel Rif, que parecía encontrarse anclado en el mar, en cuya piscina pasábamos el día bañándonos. En aquellos salones maravillosos disfrutábamos de las comidas familiares rodeados de amigos. El trato de los camareros era ejemplar y la comida, espectacular. Uno de los entrantes era un pan, recién sacado del horno, acompañado de aquella deliciosa mantequilla pura que servían en perfectas espirales. Recuerdo que todo era servido con el mayor gusto y decoro.

Así transcurrían nuestros domingos. El tiempo lo conserva todo, aunque se vuelva descolorido como las antiguas fotografías que almacenamos a lo largo de nuestra existencia.

XIX

Aquella mañana todo resultaba esperanzador. El incipiente gorgorito ensordecedor de pájaros y el colorido de las plantas empezaban a brotar. Los días comenzaban a alargarse plácidamente, anunciando la llegada de la primavera. Layla llegaría al que, en lo sucesivo, sería su nuevo hogar. La casa estaba ubicada en una de las barriadas más altas de la ciudad, donde se alineaba la construcción de pabellones militares, cerca de los acuartelamientos. Eran bloques de viviendas que guardaban la misma línea de trazado. Como correspondía a la época, se diferenciaban abismalmente los pabellones de oficiales de los de suboficiales.

Nada más entrar en aquella casa, sintió que una peculiar tranquilidad se apoderaba de su alma. Quería —y necesitaba— alcanzar un destino afortunado. Presintió un confort que le recorrió todo el cuerpo. Se calmó, pensando que la suerte estaba echada, que iría por ella, a ver qué le deparaba su nueva historia. ¿Acaso no se merecía, después de haber sufrido tanto, una vida normal?

La recibió la señora de la casa. Le pareció una mujer agradable, de mirada bondadosa y de buenos modales e intenciones. Lo que sí notó fue que su cara reflejaba fatiga, cansancio, ojeras. La enfermedad se había instalado en ella y ya sería muy difícil ahuyentarla. Aun así, lo sobrellevaba con resignación. Reparó en que su habla y su acento eran muy diferentes a los que acostumbraba a oír. Aquel tono silbante y bajito le agradó. Su salud era delicada. Pese a ser una mujer joven, se ayudaba de un bastón para sus cortos desplazamientos. La invitó a pasar a la salita. Se notaba que era su habitación predilecta y que era allí donde pasaba la mayor parte del día, entre revistas y labores de punto. Lo tenía todo a su alcance, incluso un extraño artilugio que luego descubrí que le suministraba oxígeno.

Empezó a interrogarla, aunque sin atosigarla. Layla, algo nerviosa, cruzaba sus manos, apretándolas sobre su regazo. No quería fallar en nada, por lo que tenía muy presentes las advertencias y consejos que le dio su querida hermana Asumpta.

Layla se adelantaba, explicándole todo cuanto sabía hacer. Le contó que la cocina era su fuerte, pero que también dominaba el resto de las tareas domésticas. Pensó que no tenía necesidad de ocultar los asuntos más importantes de su existencia, por lo que le habló de sus queridas hijas y de su complicada situación. Quería partir de cero, por lo que le refirió lo de su reciente bautizo. La señora contestó que Layla era un nombre precioso y que la llamaría así, en lugar de Lucía. Le mostró toda la casa para que fuera familiarizándose con el entorno. Le habló de sus limitaciones y le explicó que necesitaba contratarla como interna. Layla no puso ningún tipo de objeción al respecto; es más, celebró que fuera así.

Al final del recorrido, le enseñó su habitación, que daba a un patio grande y ventilado, adornado con escasas macetas. Dentro de su cuarto había un baño completo —con bañera incluida— para ella sola. Fue lo que más le gustó, ya que jamás tuvo un baño exclusivo. Era una habitación íntima, incluso tenía una pequeña tele. Por fin estaría a buen recaudo, sin sobresaltos y protegida.

A la mañana siguiente, apareció vestida con el uniforme que le compró su nueva jefa. Resaltaba sobre su piel bronceada. Consistía en una bata y un delantal azul pastel. No paraba de mirarse al espejo. Sentía que le favorecía, se gustaba. Siempre le agradecería a su monjita todo lo que aprendió de ella. En adelante, la sacaría de muchos apuros.

A pesar de sus buenas intenciones, la señora de la casa trató de pulirla aún más para que se adaptara completamente a sus costumbres. Las barreras entre Layla y ella estaban bien delimitadas, pero dentro de aquella compostura, mientras se sucedían los meses, el roce, el cariño y el respeto que se profesaban propiciaron aquella confianza que fue creciendo entre ellas. Ambas se hicieron imprescindibles la una para la otra. Con lo rebelde que fue siempre, pensaba Layla, reemplazó su disconformidad por esforzarse en ser servicial y eficiente. Era su forma de agradecer el cariño que aquella señora le profesaba, por no hablar de los deliciosos guisos que ella misma preparaba, de su cama limpia y de su aseo diario. ¿Qué más podía pedirle a la vida?

Tan a gusto se encontraba en aquella casa que a veces se mostraba reticente a salir cuando la señora le mandaba hacer algún recado. La calle no le traía buenos recuerdos, pero, como no le quedaba otro remedio, lo hacía. Procuraba tardar lo menos posible. Ni siquiera se entretenía en entablar conversación alguna con las chicas que servían, porque le obsesionaba regresar a su remanso de paz. Incluso en sus días libres apenas si salía de su cuarto, salvo para visitar a sus hijas. El resto del tiempo, si estaba el señor en casa, prefería quedarse cosiendo en su habitación o viendo algo en la tele.

En la sobremesa, la señora le pedía que la acompañara en la salita para disfrutar de aquellos interminables episodios de las telenovelas mexicanas que empezaban a proyectar en la televisión. Ambas se convirtieron en seguidoras incondicionales. Layla apuraba su tiempo recogiendo con rapidez la cocina para no perderse ni el más mínimo detalle del nuevo capítulo.

Casi sin darse cuenta, se acostumbró a vivir al margen de la calle y estaba encantada de poder disfrutar del calor de aquel hogar en el que se sentía tan sosegada. Los espejos le gustaban, no se resistía a ninguno. Bordaba los platos cocinados, sobre todo cuando tenían invitados. Se lucía con su exquisito *tajine* de cordero o de pescado, que eran los preferidos de los señores. En las meriendas sorprendía a su señora con pastas morunas que ella misma elaboraba: cuernos de gacela, con aquel relleno tan logrado, que siempre acompañaba con una buena tetera.

Ella sola, como siempre, venció de nuevo gracias a su esperanza. La vida tan desordenada que arrastraba no solo maltrató su cuerpo, sino que también atentó contra su mente y contra su alma. Layla cuidaba con esmero de su señora, como ella la llamaba. La atendía en su aseo diario, les daba buenos masajes a sus debilitadas piernas y la obligaba a recorrer, cogida de su brazo, cada rincón de la casa.

A Layla le fascinaban los romances triunfales de las telenovelas, hasta el punto de aplaudirlos con fuerza. Cuántas veces soñaba despierta con aquel galán que tanto le gustaba, hasta que empezaba una telenovela nueva, con idéntica trama, y volvía a enamorarse del siguiente.

Una mañana llegó a aquella casa un chico vestido de soldado. Su nombre era Daniel. Se trataba de un muchacho catalán que fue destinado allí para cumplir su servicio militar. Como tenía carnet de conducir, el marido de su señora lo eligió como asistente y chófer. Estaba a su servicio para lo que necesitara. En aquella época, todas las familias militares tenían servicio doméstico gratuito. Estos chavales incluso hacían las veces de niñera. Algunos recogían a los niños en la puerta del colegio y los llevaban al parque.

Daniel tenía permiso para entrar en la casa por si se le ofrecía algo a la mujer. Aquel roce propició que se fijara en Layla —y viceversa—. Cuando alcanzó suficiente confianza, invadía la cocina —territorio exclusivo de Layla— para dejar las verduras frescas que le encargaban. De paso, se ofrecía para ayudarla a desgranar guisantes o para pelar patatas junto a ella, entre bromas y risas. A Layla le gustó por ser tan desinhibido, elocuente y dicharachero. Siempre estaba de buen humor y aquella amplia sonrisa lo hacía aún más bello para sus ojos.

Día a día, se fue forjando entre ellos una gran complicidad. Ella, con la inocencia que la caracterizaba, creyó haber encontrado en él al galán de sus sueños. Le gustaba que fuera catalán porque le recordaba a su querida tía, la que emigró a Barcelona. Y así, con el beneplácito de la señora, empezaron a salir en sus descansos para pasear o para invitarla a merendar, sin alejarse mucho del entorno. Layla se sentía cada vez más ilusionada.

En el céntrico parque de la ciudad se celebraban verbenas regionales, amenizadas por sus orquestas, que dedicaban temas a la tropa. A Daniel, que era un auténtico catalán, orgulloso de sus raíces, se le iban los pies cuando escuchaba la sardana. Tomaba de la mano a Layla y le enseñaba los pasos dentro de aquel círculo grande que se formaba.

Al cabo de unos meses, Daniel se licenció y como su relación con Layla progresaba decidió quedarse en la ciudad, donde encontró trabajo en un bar como camarero. Por otro lado, ya habían transcurrido los años de permanencia de sus jefes en aquella ciudad y con su nuevo ascenso se trasladarían a península para continuar con su carrera militar. La despedida entre Layla y su señora fue muy emotiva. Me contó que ambas lloraron, emocionadas. De no tener a Daniel a su lado, se habría sentido de nuevo desprotegida.

Decidieron alquilar una casa para vivir juntos y empezar una nueva vida. Layla no tendría que trabajar en la calle. Se encargaría de tener su casa al día, que no era poco. Además, se dedicó a Daniel en cuerpo y alma. Por desgracia, aquella estabilidad duraría poco, porque la suerte volvió a darle la espalda.

Quedó embarazada de nuevo, cosa que Daniel no celebró. Desde aquel preciso momento, comenzaron los malos modos de él hacia ella. Daniel se demoraba cada vez más al terminar su jornada y a menudo regresaba embriagado a altas horas de la madrugada. Era evidente que no mantenía buena relación con la bebida y cada vez fue a peor. Los malos tratos y los insultos desmedidos hacia Layla fueron aumentando. Me entristeció mucho saber que el infierno de Layla volvía a emerger. A él le despidieron de su trabajo y al borde del desahucio su vida fue de mal en peor. Aumentó aún más su ingesta de alcohol y las broncas eran diarias. En una de aquellas peleas espeluznantes, Layla abortó de forma natural, lo que, en parte, le alivió.

Un día, con la comida y la mesa preparadas, no llegó para almorzar. Tampoco pasó la noche en casa. Días después, Daniel la abandonó, poniendo rumbo a su Barcelona natal. Layla entró en un estado de desánimo y desesperación. La obligaron a dejar la casa, porque a una mujer sola y musulmana no le permitían el alquiler —así sucedían las cosas en aquel país nuestro—, y no le quedó otra que regresar a su calvario: la calle.

XX

Las tardes que terminaba mis deberes escolares acompañaba a mi padre a visitar a sus pacientes al hospital. Parece que fue ayer. De todas mis hermanas, siempre era yo la que se apuntaba, por lo que acabó convirtiéndose en una costumbre.

El edificio del hospital impresionaba por su gran belleza y su majestuosidad. Nada más entrar, destacaba su vestíbulo, que se abría hacia una escalera imperial, con una sala circular al fondo. Todo estaba embellecido con mármol de la época y sus paredes habían sido estucadas por maestros artesanos riojanos, que culminaron su obra con pinturas al temple, de diferentes motivos, que imitaban al mármol rosa portugués. Fue mandado construir por la reina Victoria, de ahí su estilo *art déco*. En su conjunto, contaba con más de doscientas camas. Era un lugar impresionante y ante mis ojos de niña se me figuraba aún más espectacular. Hoy en día ha sido rehabilitado y destinado a distintas dependencias de administraciones públicas.

Por aquel entonces, mi padre, ginecólogo cirujano, también desempeñaba la función de director del mismo. Me recuerdo cogida de su mano, avanzando junto a él por aquellos interminables pasillos centrales. Tengo grabada en mi memoria la aborrecida blancura que caracterizaba a los hospitales de entonces, además de algunos tramos oscuros, desolados y siniestros en los que se mezclaba el olor de la enfermedad con el de la sangre ferrosa, el de la medicación y el de los humeantes caldos, que provenía de los carritos de la cena para los enfermos.

Reconozco que, a mi corta edad, me impresionaba aquel descomunal laberinto de habitaciones sucesivas. A veces salían de ellas gritos de dolor. Entonces yo apretaba con más fuerza la mano de mi padre, segura de que nada malo me podría ocurrir a su lado ¡Era tan fuerte!

A nuestro paso salían monjas de todas partes, con batea en mano, repleta de medicación para administrar a los enfermos. Notaba cómo reverenciaban la figura de mi padre.

Durante las rápidas visitas facultativas de rigor, yo solía hacer todo el recorrido agarrada a él. Recorríamos habitación por habitación, enfermo por enfermo. Yo aguardaba en la puerta mientras él desempeñaba su tarea cotidiana, aunque en ocasiones los enfermos —tan agradecidos a mi padre por su mejoría— requerían mi presencia. Entonces todo eran elogios hacia mí: «¡Está hecha una mujercita! ¡Es igual que usted, doctor!».

Otras veces, cuando la comparecencia con los pacientes se alargaba y las consultas eran de otra índole —curas, revisión de puntos o cicatrices—, me dejaba en la entrada del hospital con la señorita Angelines, que estaba al mando de aquella centralita telefónica, rodeada de multitud de cables y clavijas.

Recuerdo que era una mujer anticuada. Aunque no debía de ser muy mayor, su aspecto era muy arcaico e iba mal conjuntada y algo desaliñada. Además, desprendía un fuerte olor a alcanfor y su ropa estaba descolorida de tantos lavados, porque seguramente le costaba reponer su armario. Angelines era fea y se hacía peinados imposibles. Eso sí, tenía una voz entrenada para responder llamadas de forma sigilosa, con buenos modales y un tono de voz aterciopelado que me recordaba al de las locutoras de radio de entonces. A veces los celadores se acercaban a su centralita y le gastaban bromas. Recuerdo que Ramón, que era padre de familia numerosa y tenía un gran sentido del humor, le decía: «Pero ¿cuándo te vas a casar conmigo, Angelita?». A ella no le sentaban muy bien esas bromas, porque sabía que moriría solterona.

Yo la observaba fascinada ante la destreza que tenía manejando todas aquellas clavijas. Aún puedo oír el ruido que hacía al introducirlas con rapidez en su ranura correspondiente y el movimiento veloz que realizaba con la manivela para atender a la mayor brevedad todas las llamadas, que no paraban de entrar. Me llamaba la atención cómo conseguía enterarse de todo cuanto se hablaba. Su trabajo se limitaba a atenderlas, pero ella era una auténtica chismosa, que ponía oído y sentido a casi todo lo que se decía. Eso sí, les prestaba más atención a las que ella seleccionaba, llevada por esa curiosidad casi innata del ser humano, que en su caso se acentuaba aún más.

Como pasaba tanto tiempo con la única compañía de sus clavijas, celebraba que yo apareciera y me llegó a tomar cierto cariño. A pesar de ser tan pequeña, me hacía partícipe de todos sus chismes. Casi por inercia, afloraba en ella un bisbiseo, un cuchicheo que le subía hasta la boca y que necesitaba contar con urgencia, como si no tuviera control alguno sobre ella misma. No, ella no sabía morderse la lengua. Entonces se dirigía a mí, que, aun siendo una niña, nunca fui tonta. Yo la escuchaba con atención porque conseguía contagiarme aquella curiosidad.

Recuerdo que cuando salían las enfermeras del turno de tarde —entre ellas Rosalía, que era guapa, lozana, de sonrisa picarona y melena castaña larga—, Angelines me decía:

—¡Mírala! ¡Pero qué sinvergüenza! Se metió en medio de una familia bien avenida, religiosa, católica, como Dios manda, y ha vuelto loco al oftalmólogo, al doctor Requena. Su mujer sufre en silencio riguroso, como si no ocurriera nada, para no desprestigiar a su reconocido marido.

Cuando me contaba todo esto, se acercaba mucho a mí, llevándose la mano a la boca, y bajaba la voz.

Era evidente que la telefonista era una mujer amargada. La felicidad, el amor y los amantes no eran para ella. Acarreaba una vida lúgubre. Siempre estuvo a las órdenes de una madre dictatorial, que la usaba a su antojo y que le espantó al único pretendiente que tuvo. Nadie la quería ni la deseaba, excepto su minino. De ahí que sus fantasías chismosas consiguieran sacarla del letargo de su mísera vida.

Una tarde, sor Purificación le pidió conferencia con Córdoba —allí nació y se crio—. Se trataba de una monja a quien temía todo el personal sanitario por su carácter férreo y su agria cara de pomelo. Tampoco era santa de la devoción de Angelines, quien, gracias a sus escuchas, sabía toda su historia. Se enteró de dónde provenía su mal genio y de nuevo se me acercó, mano en boca, volviendo a bajar el tono para que no la escuchara nadie:

—¡Te diré de dónde le viene su acritud, pero me tienes que prometer que quedará entre nosotras! —Yo asentía, aunque luego me faltaba tiempo para ir con el chisme a mi padre, que enseguida se echaba a reír—. ¡Pues como te iba diciendo, a esta sor el día de su boda la dejaron plantada en el altar con vestido y ramo incluidos!

Después de lo relatado, volvía rápidamente a sus clavijas y a sus llamadas. He de reconocer que era muy trabajadora, nunca tuvo una queja en su puesto. Se sentía muy útil en su terreno, pero disfrutaba tanto del contenido de sus llamadas que no podía resistirse a la tentación de escucharlas.

Recuerdo que cuando entraba una llamada que prometía me hacía señas —que yo ya conocía e interpretaba— para que estuviera atenta. En una ocasión me dijo:

—Es la matrona de paritorio. ¡Está que echa humo! ¡Eso es que ya necesita su dosis!

Se volvió a acercar a mí, cerciorándose de que no había moros en la costa, para repetirme la coletilla que usaba siempre antes de soltar un nuevo chisme:

—Te lo cuento a ti porque sé que eres una niña ingenua y buena y que guardarás en secreto lo que yo te cuente. —Yo, como de costumbre, afirmé con mi carita angelical y abrí de par en par mis oídos—. Como te dije, la matrona, después de una depresión espantosa que sufrió, se enganchó a la morfina y entre parto y parto se encierra en el baño para ponerse su dosis reglamentaria. Pese a este defectillo, dicen que borda los partos.

Después regresaba a sus quehaceres expandida, plena. Era como si al soltar sus chismes entrara en una especie de calma, de serenidad. Para ella, criticar era un estímulo que le daba la vida que no tenía.

Siempre me acordaré de que una tarde, de pronto, empezó a dar brincos en su asiento. Auricular en mano y con el micrófono tapado, empezó a agitar la mano izquierda —que era la que le quedaba libre—, señal de que se avecinaba un notición exclusivo. Luego se dirigió a mí para decirme que era la señora del doctor Requena. Estaba histérica, gritándole al marido, culpándole de la situación por la que estaba atravesando. Me pasó el auricular y escuché lo que decía:

—¡Estoy harta de llevar estos cuernos en silencio! ¡Cualquier día me lío la manta a la cabeza y os formo un escándalo al putón de tu enfermera y a ti en tu consulta! ¡En los corrillos de las señoras del club, mientras juegan a las cartas, comentan que el hijo adolescente de tu enfermera es tuyo! ¡Qué vergüenza! ¡Mis hijos con semejante hermanastro! Si ya me lo decía mi madre: «¡Este hombre te hará sufrir!».

Acto seguido asomaba en Angelines una risa sarcástica, de cierta satisfacción ante lo ocurrido, y me decía:

—¡Qué razón lleva la señora! El hijo de la enfermera es clavadito al doctor Requena. ¡No puede negar de quién es!

Al rato llegó mi padre, que ya había finalizado su recorrido rutinario. Me agarré fuerte de su mano poderosa y nos dirigimos a nuestro hogar.

Aquel día, durante el camino, no le conté nada porque me acordé del último sabio consejo que me dio el día anterior: no hablar mal de alguien es la mejor forma de hablar bien de uno.

XXI

Layla tuvo que abandonar la casa que compartió con Daniel. La dejó con pena y rabia. Todo habría sido distinto de haber transcurrido como Dios manda, pero por aquel entonces Dios estaba de vacaciones y Daniel aprovechó la ocasión. Se volvió a encontrar en la calle, enfrentándose de nuevo a aquellas ruindades que tantas huellas le dejaron en el alma. Se sentía floja, sin fuerzas, más cansada de lo habitual. Ya no era aquella niña jovial y valiente que pisó por vez primera territorio español. Habían transcurrido muchos años, muchos arañazos desgarradores, muchas «ruinas» —así era como ella llamaba a los zarpazos de su mala suerte—.

Estaba triste. Entonces sí presentaba signos de perturbada. En su mundo tenebroso, su figura gris y sus ojos duros y brillantes, el pánico la invadía como una ola salvaje. Un día, después de estar mucho tiempo sin saber de ella, me la volví a encontrar. Estaba sentada en el suelo y me impactó comprobar el lamentable estado en el que se encontraba. Nunca la había visto tan mal. Estaba muy sucia y la vi más dejada y deteriorada que de costumbre.

Me costó reconocerla. «¿Seguro que se trata de ella?», dudé. Me acerqué aún más. Llegué a zarandearla porque no respondía a mi saludo. Seguía absorta, mirando a un punto fijo, perdida en sus elucubraciones. Al rato levantó la vista del suelo y me sonrió con su cara mugrienta —sus ojos no lo hicieron porque estaba más abatida que de costumbre—. Como pudo, se levantó de la acera. El hedor que desprendía era insoportable y la noté quejarse de dolor. Se dirigió a pedir algo de dinero a una pareja de ancianos que paseaban cogidos del brazo y advertí que cojeaba, arrastrando su pierna derecha. Me dolió verla en tan lamentables condiciones. Estaba tocando fondo, ya no podía remolcar más esa vida inmunda.

Le pedí que me contara qué le había ocurrido, por qué cojeaba. Me contó que su padre volvió a maltratarla, que pasó la frontera y se dedicó a beber desde que tocó suelo español. Luego la localizó y se ensañó con ella como un animal rabioso.

No consintió que la acercara al puesto de socorro porque temía a las instituciones. Prefería seguir con su cojera y disfrutar de su libertad antes de que la encerraran en aquellos centros que ya conocía. En su pelo enmarañado, lleno de mugre, empezaban a brotar incipientes canas. No paraba de rascarse la cabeza. Andaba cabizbaja, pensando vaya usted a saber qué cosas. Su cuerpo le estaba fallando. Daba la sensación de que se dispusiera a alejarse de todo para entrar en la tumba. Había pasado noches terroríficas, frías, entre toda aquella maleza. Acababa de despertar de su pesadilla para continuar en su infierno diario. Se movía entre la multitud como si careciera de rostro. Los transeúntes que pasaban por la calle, haciendo sus compras o paseando entre saludos, ni siquiera la veían. Hacía tiempo que empezó a volverse invisible para todos ellos y se acostumbraron pronto a no verla.

Por un instante, pensé que los muertos debían de estar menos cansados que los vivos en la tierra. Perdió las fuerzas y las ganas de seguir en este mundo. No era para menos, reflexioné. No obstante, me alegró encontrármela después de tanto tiempo. Se despidió de mí llamándome Mari —así era como llamaba a todas las mujeres para no equivocarse nunca—. Quise pensar que, pese a todo, se alegró de verme. Su forma de expresarse resultaba incoherente, y eso que en otro tiempo había sido una maestra a la hora de contar aquellas fascinantes historias. Sin duda, Layla era carne de cañón. Me pregunté si alguna vez alcanzaría la vida que se merecía. Por miedo a que le retirasen el vaso de golpe se bebió tan deprisa su existencia, se apresuró tanto en vivir.

Antes de irme, me pidió algún dinero. Hacía varios días que no comía. Le di cien pesetas que llevaba en el bolso, de mi paga mensual. Quise acompañarla a un conocido bar de mi ciudad, por si a ella sola le negaban el paso debido a su aspecto. La especialidad eran los bocadillos de atún con tomate, elaborados con una fórmula secreta que su dueño jamás desvelaría. Estaban deliciosos. Mientras yo me comía medio, ella devoró dos. Dejó de hablar. Más que tragar, engullía sin apenas descansar.

Al salir, la vi alejarse maltrecha, cojeando, con el alma en el fondo de su bolsillo roído, rascándose la cabeza a ver si brotaba algún vestigio de salida a sus entuertos mentales. Se alejó sin rumbo fijo hacia un futuro desolador e incierto. La seguí con la mirada hasta perderla de vista. Con el corazón encogido, miré al cielo y exclamé: «¡Bendita seas!». Me dejó mal sabor de boca.

Cuando llegué a casa, me esperaba mi familia, mi confort. No quise cenar, me acosté en mi cama mullida y seguí pensando en Layla. Me preguntaba por dónde andaría, qué derroteros le aguardaban, si tendría frío, si habría podido resguardarse de la tormenta que empezaba a arreciar. Con estos pensamientos me quedé dormida.

A la mañana siguiente, llamé a Zuleja para que me ayudara a guardar las mantas amontonadas en el sillón de mi cuarto y subirlas al trastero. En breve el calor empezaría a azotar y las mantas estorbarían. Zuleja llevaba con nosotros muchos años, era parte de nuestra familia. Mi madre me dijo que ella no vendría a trabajar en unos días. El ramadán había comenzado y necesitaba unos días libres para abastecer su casa de compras que necesitaba hacer en esas fechas tan bonitas.

Ese año recuerdo que el ramadán cayó antes de meterse el verano de lleno. Aquella era una época idónea para el ayuno, pues el sol todavía no apretaba y lo llevarían mejor que cuando caía en los calurosos meses de verano. Se trataba de un mes riguroso de ayuno, tanto de cuerpo como de mente, durante el que se perdonaban los pecados. Era el mes de la apertura de las puertas del cielo, una buena excusa para convertirse en una buena persona y ayudar al prójimo, para demostrar que eras un buen musulmán.

Reconozco que era un mes muy especial. Yo misma, sin ser musulmana, participaba mucho de sus costumbres. Tenía una amiga musulmana, Fati, y casi todas las noches me invitaba a su mesa, rodeada de su familia, para romper el ayuno. Su madre, junto con su abuela, preparaba aquella comida abundante tan exquisita.

Los primeros días de ayuno los llevaban mal, sobre todo por aquel té o café mañanero que, de golpe, dejaban de tomar. Recuerdo que Japón, el hombre que venía a casa a traernos el pescado fresco del día, ese primer día se mostraba con cara de pocos amigos. Él, que siempre llevaba el pitillo apretado entre sus dientes, tenía que abstenerse de fumar, aunque, pasados unos días, se amoldaba estoicamente a la situación de ayunar y regresaba a su día a día con la mejor de sus sonrisas.

También me acuerdo de que, cuando la hora que precede al crepúsculo hacía su aparición, con aquella claridad de luz tenue de indeciso color, el silencio se apoderaba de la ciudad. Solo se escuchaba la llamada del rezo, procedente de las distintas mezquitas. En esos momentos me sentía dichosa de haber nacido en un lugar tan peculiar y exótico, donde convivíann pacíficamente numerosas religiones. Esas pequeñas cosas —como bien decía Serrat— eran las que nos distinguían del resto de la península y nos hacían únicos.

Las calles se quedaban vacías con la ruptura del ayuno. Durante el día, las mujeres se dedicaban a preparar sus guisos, entre los que no podía faltar aquella repostería tan exquisita y energética conocida como *shebaquía*[5]. Era costumbre que en cualquier casa musulmana se rompiera el ayuno con una especie de sopa contundente, la *harira,* sin la que no se concebía la ruptura.

Una vez que todos habían quedado satisfechos por la reposición de alimentos, las calles volvían a recobrar la alegría. Los musulmanes salían a pasear o se reunían en los cafetines para sumergirse en sus largas tertulias. Otros jugaban a distintos juegos de mesa mientras saboreaban sus cigarrillos o fumaban *kifi,* siempre acompañados con aquel té aromático con hierbabuena.

---

[5]   Dulce típico de la cocina marroquí. Pasta rebozada en miel y sésamo.

Todos los miembros de mi pandilla disfrutábamos de aquellas noches de cafetín tan amenizadas y enriquecedoras, que se alargaban con las partidas de parchís. La vida me ha enseñado que recordar es volver a ver lo ya conocido, lo ya vivido, y supone un placer parecido al de descubrir algo por primera vez y conquistarlo.

Regresando a Layla, que siempre fue una superviviente de la calle, descubro que la apreciábamos como un miembro más de nuestra familia por el tiempo que llevaba entre nosotros. Siempre que te veía, se paraba contigo y se interesaba por aquel familiar enfermo que tenías o por aquel examen importante que hiciste —ella estaba siempre informada de todo—. Siempre pensé que su mundo interior debía de ser muy rico. Quiero pensar que todo aquel sufrimiento por el que transitaba la convirtió en la persona más independiente y autosuficiente que jamás conocí. Viéndola vagar por las calles desde que era una niña, año tras año, supe que siempre sería dueña de sus situaciones. Aquella soledad tan intensa y tan profunda que la acompañó le condujo a ser creativa e ingeniosa para poder desenvolverse, día tras día, aquí y allá. Layla no tenía vuelta de hoja: era como una tuerca pasada de rosca que, cuando se apretaba con fuerza para tenerla controlada, al final se pasaba y patinaba.

Algo característico de mi ciudad era que tenías que ausentarte por un período de tiempo para que te echaran de menos y te recibieran con los brazos abiertos. Es también inevitable recordar la llegada del verano, cuando se mezclaba el levante con el poniente. Aquel pescadito, recién salido del mar, que tu madre te llevaba a la mesa. Aquellas siestas, amodorrada en plena orilla mientras la brisa te acariciaba la cara. Aquel ir y venir de las olas, que te rozaban y te refrescaban los pies, o la esperada hora de la merienda, cuando te requerían entre gritos. Después, el regreso a casa con el cuerpo impregnado de salitre, relajada y algo quemada después de pasar tantas horas expuesta al sol. La esperada ducha de agua dulce, las cremas, las fragancias. La elección de aquel modelito veraniego a estrenar, cuyos colores resaltaban en tu piel bronceada. Los amigos y amigas esperándote en el portal de casa para acudir a las verbenas y bailar hasta caer reventada.

XXII

Todos los 20 de septiembre se celebraba en mi ciudad el aniversario de la Legión. Durante una semana, los legionarios se entregaban en cuerpo y alma a ceremonias y distintas actividades lúdicas: partidos de fútbol, exhibiciones de pista americana, carreras o combates de boxeo. Por las noches, el entretenimiento cambiaba de registro. Dentro del acuartelamiento se montaban casetas de animación nocturna, con todo lo que ello acarreaba. Como era de esperar, la música que sonaba de fondo eran aquellos temas *talegueros* que iban desde Los Chichos a toda la retahíla de canciones de grupos rumberos marginales. De alguna manera, muchas de sus letras representaban las historias de aquellos soldados, por lo que muchos se sentían identificados con cada estrofa.

Por aquel entonces se estrenó *Deprisa, deprisa,* de Carlos Saura, que ganó el Oso de Oro a la mejor película en 1981 en el Festival Internacional de Cine de Berlín. Todavía recuerdo que uno de los protagonistas fue detenido al poco tiempo por atracar un banco en Madrid. Tengo que confesar que aquella música, destinada a un sector discriminado de la sociedad, a mí me hacía mucha gracia, aunque no se lo conté a nadie.

Las distintas casetas pertenecían a cada compañía. En las barras de aquellos bares improvisados no podía faltar la famosa «leche de pantera», un nombre que, de por sí, impresionaba y hacía presagiar sus efectos. Era un cóctel molotov compuesto por una base de leche condensada, mezclada con todo tipo de alcohol y con cañamones de grifa. Algunos decían que incluso se atrevían a echarle pólvora, cosa que no era de extrañar. Era una bebida diabólica y explosiva. Si te pasabas, podías perder el norte por completo, hasta el punto de provocarte un episodio de amnesia que podía durarte varios días.

Después de los conciertos, solían cerrar las veladas con algún número de *striptease*. Por lo visto, solían rifarse a las prostitutas procedentes del país vecino, que vivían en pésimas condiciones en un poblado cercano al acuartelamiento. Era rara la noche que no acababa con broncas y brutales peleas.

Por aquella época, Layla volvió a resurgir como el ave fénix. Irrumpió en el cuartel en mitad de la celebración. Se había esmerado en arreglarse y apareció cogida del brazo de un cabo legionario, orgullosa de haber sido elegida e invitada por aquel personaje singular.

Según supe después, su acompañante era tremendo, no tenía desperdicio. Se notaba que había sido machacado por la vida indigna que le tocó en suerte. Era bajito, calvo y tenía una prominente barriguita cervecera, aunque, pese a su escasa estatura, era corpulento. Una cicatriz le cruzaba la cara y le faltaban algunas piezas en su boca. Tenía un tono de voz ronco, que él mismo acentuaba cuando estaba embriagado. En ambos brazos resaltaban aquellos tatuajes rudimentarios del momento, mal dibujados con tinta azul. En el antebrazo lucía la figura de una danzarina bereber, con un velo que le cubría parte de su rostro y dejaba sus ojos al descubierto. Cuando estaba embriagado, lo mostraba con orgullo, explicando que se lo hizo cuando estuvo destinado en el Sahara y se enamoró de una musulmana de una cabila. En una de sus manos llevaba otro con tres puntos en forma de triángulo, que simbolizaba su paso por la cárcel tras ser acusado por tráfico de drogas. Gritaba, entre copa y copa, que «llevaba mucha mili en lo alto». De joven, allá por el año 58, estuvo en Larache. El pobre infeliz estaba muy bien adiestrado y se mostraba muy agradecido a la Legión. Se crio en distintos reformatorios y aquel desarraigo familiar convirtió a la Legión en su exclusivo referente de identidad.

Era uno de esos locos entrañables, fanáticos e ignorantes que, sin estudios ni formación, se convirtieron —como buenamente pudieron— en alguien. Cayó en manos de aquel absurdo adoctrinamiento de mitos ensalzados, laureados. Se creyó las batallas que le contaron, acatando las órdenes de sus superiores, dando fe de credos imposibles. Se acostumbró a recibir palos, simplemente porque su mando se levantaba muchos días con el pie izquierdo y nadie se atrevía a denunciar entonces aquellos abusos de poder. Fue tal el lavado de cerebro al que fue sometido que, llegado el momento, ante el grito de «¡a mí la Legión!», habría estado dispuesto a entregar su vida, siempre con el referente de aquel fundador, que parecía un despojo glorioso.

Con las penas que acarreaba Layla, lo único que pretendía aquel día era divertirse, disfrutar con su cabo de aquella festividad, bailar y si podía sacarse algunas pesetas. Esa noche, Layla se dejaría llevar por la música, algún que otro porrito y unas copas. Necesitaba evadirse. Era escuchar una rumbita o un pasodoble y se apresuraba a empujar a su legionario, vestido con sus mejores galas, hasta el centro de la pista para bailar una canción tras otra hasta la extenuación. Aquella noche, Layla estaba algo embriagada y no dudó en mimetizarse con ellos hasta sentirse legionaria por los cuatro costados. Tan lanzada estaba que se colocó el *chapiri* de su compañero y entre risotadas se puso a imitar saludos marciales. Al parecer, se montó un gran revuelo porque la cabra que les acompañaba en los desfiles se escapó y se presentó en medio de la pista, sin haber sido invitada. Con la borrachera, el legionario encargado de su cuidado dejó abierta la puerta del corral.

Sin duda, la belleza de Layla resaltaría entre todas aquellas mujeres —unas jóvenes y otras no tanto—, que habían llevado y llevaban tan mala vida. Se habían acostumbrado a ser maltratadas constantemente y muchas de ellas pasaron largas temporadas en aquellas cárceles infrahumanas. Sus rostros, embadurnados de coloretes excesivos, reflejaban tristeza y decrepitud. La mayoría de ellas vivían hacinadas en chozas cercanas al acuartelamiento, en lamentables condiciones de salubridad. Las que todavía podían servir de reclamo ejercían la prostitución de noche, mientras que durante el día lavaban a mano la ropa sucia de los legionarios que se lo podían permitir. Otras, más atrevidas, se dedicaban a la venta de drogas blandas hasta que la heroína llegó a la ciudad. Las menos habían tenido más suerte y después de un largo transitar por aquel mundo tenebroso alcanzaron cierto bienestar, emparejándose con algún legionario decrépito. Aunque seguían siendo maltratadas cuando sus compañeros se emborrachaban, preferían recibir palos de uno solo que de una docena. Al final, la vida se encargaría de debilitar a sus cónyuges y ellas se quedarían bien situadas, con su DNI español, su pabellón y su pensión de viudedad.

El colofón vendría casi después de una semana de celebración y de todo tipo de excesos. Se harían ofrendas a los caídos —no a todos, porque algunos no eran oportunos ni bienvenidos y preferían ocultarlos porque no convenían—. Entre el fervor del público, recitaban algunos de los credos legionarios ante el Cristo de la Buena Muerte. Por último, repartían cientos de medallas y desfilaban. Muchos de ellos, después de toda una semana de excesos, caían como moscas en plena formación y tenían que ser sacados de filas para ser atendidos por los sanitarios.

Aquel año, justo allí, en la segunda fila de la tribuna, donde situaban a los familiares de la tropa, se encontraba Layla. Por nada se perdería aquel espectáculo en el que, con distinción y honor, le entregarían una medalla a su cabo. Ella aplaudió fervientemente durante todo el acto, sobre todo cuando lo vio desfilar con el pecho abierto y la cabeza alzada para —como decían entre los legionarios— verle los cojones al santo, allá en las alturas. Así fue, con sus ciento ochenta pasos, como Layla se despidió de su cabo entre aplausos y ardor guerrero.

XXIII

Cuando dejaba de encontrarme a Layla, la echaba en falta. Siempre tenía alguna novedad que contarte. Era muy teatrera y solía adornar sus narraciones con guiños, gestos y fantasías. Siempre fue muy respetuosa —*digna* era la palabra—. Nunca me refirió ni el más mínimo detalle acerca de su forma de buscarse la vida. Eso solo le pertenecía a ella. Conmigo era ella en estado puro y para mí era más que suficiente.

Algunas mañanas se aproximaba, sin acercarse demasiado, a las inmediaciones de la frontera, que por aquella época era un trasiego de coches, un ir y venir de multitudes que acudían o volvían a sus negocios y trabajos. Siempre lamenté la denigrante situación que sufrían las porteadoras, que cargaban a sus espaldas aquellas montañas de mercancías por una insignificante cantidad de dinero. Entre ellas se encontraba Mimona, que era vecina de la madre de Layla.

Se reconocieron de inmediato. Se apartaron a un rincón, fuera de aquel tumulto, mientras Mimona tomaba fuerzas para los próximos viajes. Según su costumbre, besaron seis veces sus respectivas mejillas. Layla le preguntó enseguida por su madre y sus hermanos. Las malas noticias no se hicieron esperar. Mimona le contó que su madre estaba muy enferma, que apenas tenía fuerzas para levantarse de la cama. Afligida, se despidió de su vecina. Mientras se alejaba, los pensamientos se agolpaban en su cabeza, atravesándola como cuchillos afilados. Necesitaba verla cuanto antes, era preciso que se encontrara con ella antes de cualquier mal desenlace. Tenía el presentimiento de que le quedaba poco en el mundo, pero le preocupaba encontrar la manera de desplazarse hasta allí, atravesando aquella maldita frontera inquebrantable. Sabía muy bien que si cruzaba ya no volvería a pisar territorio español. Desde su partida, no pasaba un solo día sin que tuviera presente a su madre en sus pensamientos. En sus noches de calamidad, sostenía su recuerdo en la oscuridad. Soñaba despierta con su reencuentro.

Esta vez era urgente, la ocasión se le escapaba de su alcance. Solo viéndola de nuevo con vida se quedaría tranquila y quizá lograría reconciliarse con el asqueroso mundo que la rodeaba. Indecisa y ofuscada, se apresuró a buscar alguna solución. Recuerdo que vino a buscarme. Estaba desesperada, tenía los ojos hinchados de tanto llorar y no hallaba consuelo. Sus sollozos no le dejaban articular dos palabras seguidas. Conseguí calmarla, abrazándola con fuerza, y le prometí que se me ocurriría alguna solución. En las condiciones que estaba, no podía dejarla sola. Pensé en Dolores, que la estimaba por tantas veces que cuidó de Rafalito. Hablé con ella y sin pensarlo dos veces la acogió en su casa. Al menos aquella noche Layla quedó a buen recaudo mientras yo trataba de encontrar una solución. Mientras subía a mi casa, iba pensando en que la distancia que esa noche nos separaba era solo de cinco pisos. Las dos dormiríamos tranquilas, yo sabiéndola protegida y ella sintiéndose amparada por Dolores en aquella pequeña y cálida portería.

Cuando cerré la puerta, mi cuerpo pedía un baño relajante a gritos. Llené la bañera y le cogí a mi madre sus sales de baño aromáticas. Me sumergí para intentar despejarme y solucionar el viaje de mi amiga. Como no tenía mucha hambre, después del baño me fui directamente a la cama. Mi madre, preocupada, vino a traerme un vaso de leche y me preguntó si estaba todo bien. No le mentí, pero omití la verdad. Le insistí en que no se preocupara, que era un simple dolor de cabeza, que quizá me había resfriado. Me aovillé en mi cama sin parar de dar vueltas a mi cabeza, tratando de buscar una solución para que Layla pudiera llegar a ver a su madre a tiempo. Como la noche no era buena compañera para pensar, me quedé dormida.

Por la mañana contacté con uno de los chóferes de la empresa de transporte de mi tío, el hermano de mi madre. Aunque se dedicaban al transporte en general, llevaban salazones de sardinas. Said era con el que más confianza tenía. No fue fácil convencerlo para que pasase a Layla y la trajera de vuelta pasados unos días, pero, como hombre bueno que era, se puso en su pellejo y aceptó llevarla en el próximo porte que hiciera. Casi a diario, Said cruzaba con su camión ambas fronteras. Era muy conocido y respetado tanto en la española como en la marroquí. Decidió que el lunes siguiente, que tenía que descargar en Alhucemas, harían juntos el viaje. Se haría pasar por su hermana menor, que se casó no hacía mucho. Les diría que iba a visitar a sus suegros en Monte Arruit. Layla no sabía cómo agradecerme aquel favor.

No había tiempo que perder, así que se apresuraron a organizar el viaje. Vestiría como le correspondería a una mujer musulmana casada, con chilaba y con el rostro cubierto por un velo transparente que dejaría a la vista sus hermosos ojos. Le preparé una bolsa con ropa de abrigo para sus hermanos, algo de comida, medicinas básicas, que allí escaseaban, y algún dinero que tenía ahorrado. Nos fundimos en un fuerte abrazo. Le deseé la mejor de las suertes, prometiéndole que volveríamos a abrazarnos a su regreso.

El paso por las fronteras, con Said al frente, transcurrió con la más absoluta normalidad, amenizado por los chascarrillos y las bromas entre ambos. Al cruzar, Said explicó con naturalidad que su hermana aprovechaba el viaje para visitar a sus suegros hasta que él descargara en su destino y la recogiera de nuevo. Layla no tuvo que pronunciar palabra alguna y como mujer casada se limitó a mirar hacia el suelo. Said la dejó muy cerca de su poblado, ya que no podía meter aquel camión tan cargado por aquellos caminos estrechos, llenos de socavones y maleza. Le explicó que, transcurridos tres días, pasaría a recogerla en el mismo sitio y le advirtió de que fuera puntual.

Mientras caminaba rumbo a su casa, Layla recordaba y se encontraba con las imágenes perdidas de su infancia. Tal vez el sufrimiento la había vuelto demasiado lúcida, aunque era consciente de que aquel tiempo que se fue permanecería en su memoria por los siglos. A pesar de encontrarse sofocada por el esfuerzo, ya que iba cargada y el camino no acompañaba, pudieron más las ganas por llegar junto a los suyos, sobre todo por ver a su madre. Conforme se acercaba, fue encontrándose con gente que salía a su paso. Layla agradeció que no la reconocieran debido a su atuendo. Cuando por fin llegó, encontró a su hermano pequeño —que ya no lo era tanto— sentado en el escalón de la puerta de casa, jugando y haciendo rabiar a un perrillo. Al llamarlo por su nombre, él se acercó enseguida y se abrazaron con fuerza. Había transcurrido demasiado tiempo desde su partida. Al entrar en casa, se quitó el velo y pasó a ver a su querida madre, que se encontraba acostada en su *tarba* tallada, la única herencia de su abuela. Al encontrársela en semejante estado, se le saltaron las lágrimas, pero se apresuró a hacer de tripas corazón, tragó saliva y se limpió la cara con la manga de su camiseta para que su madre no lo notara.

De pronto todos aquellos sueños que forjaba en la distancia junto a su madre se tornaron en pesadillas. Ahora se convenció de que la maternidad era su única certeza. Su madre estaba famélica, consumida, aunque parecía que había sacado fuerzas para poder ver a su hija antes de partir. La desgracia del cáncer se acumulaba en su rostro. En el fondo, pensaba que la muerte era necesaria, que venía implícita desde nuestro nacimiento, que no hacía falta ir a buscarla ni precisaba de trámite alguno. Que incluso era cómoda, porque era ella la que se presentaba en tu casa, sin necesidad de tener que salir en su busca.

En un primer momento, la madre, confusa por la fiebre y sumergida en aquel letargo, no la reconoció, pero, pasados unos minutos, su cara cetrina se encendió como la luz de una vela tenue, a punto de apagarse. Repitió su nombre varias veces con un sonido imperceptible y apretó su mano con debilidad. No había nada que se pudiera hacer ya, le explicó su hermano mayor, más que esperar los designios de Dios.

Durante esos días, Layla no se despegó de su madre. Dormía a su lado, agarrándola con delicadeza. Estaba tan débil que temía hacerle daño. Le procuraba todos los cuidados, la aseaba con esmero, pero con mucho tacto, ya que cualquier movimiento, por leve que fuera, la alteraba y le dolía. Avanzada la mañana, después del aseo y del medio desayuno —porque no le entraba casi nada de alimento—, aparecía la recuperación falseada de los que están a punto de partir hacia el otro mundo. Lograba recobrar algo de lucidez e incluso se sentía con ganas de conversar con su hija. Quería saber cómo le iba en esa ciudad española, tan cercana y tan lejana a la vez. Layla, que de imaginación andaba suelta, le mentía contándole que todo era perfecto, que encontró trabajo de niñera en casa de una familia muy distinguida que la apreciaba, que estaba interna, que contaba con una habitación propia y que cobraba un buen sueldo.

Después atendía a sus hermanos y limpiaba la casa a conciencia, sacando todos los bártulos a la calle, ventilándola y azotando las alfombras y mantas. Al menos, desde que su padre los abandonó, en la casa reinaban el sosiego y la paz. Corrían voces de que se lo encontraron muerto en un cuartucho de una pensión de mala muerte. «¡*Inshallah!*», pensaba ella.

El estado de su madre empeoraba por días. Layla sabía que el desenlace estaba cada vez más cerca. A veces, cuando quería llorar, contenía las lágrimas, quedándose rígida y silenciosa para no permitir que la dominaran los sentimientos. ¿Quién la iba a querer en adelante, cuando su madre desapareciera?, se preguntaba. Porque que no te quieran no duele, más bien aterroriza.

Todas las mañanas regresaba a sus raíces y a sus costumbres. Sacaba cubos de agua helada, procedente del pozo del patio, y con un guante de esparto y una pastilla de jabón se arrancaba hasta los remordimientos. Tan solo en ese instante se permitía el lujo de llorar con coraje y con toda la fuerza que podía. Después pondría una buena mesa de desayuno, en la que no podían faltar una buena tetera, el pan recién hecho —horneado por ella— y la masa de los crujientes *pañuelos*[6] que hacía la tarde anterior, acompañados de aquella exquisita mantequilla pura con mermelada y con miel. Era entonces cuando más disfrutaba de la compañía de sus hermanos mientras su madre descansaba. Me contó que tenía la sensación de que el tiempo se había detenido en aquella, su casa. Sus hermanos se habían convertido en hombres buenos y todos disfrutaban de las ocurrencias del benjamín, que, al igual que su querida hermana, tenía aquel carácter gracioso y distendido.

Cuando sus hermanos salían a faenar y se quedaba sola en casa, le gustaba sentarse junto al quicio de su puerta, como acostumbraba a hacer en otros tiempos. Se deleitaba observando lo cotidiano y lo rutinario que transmitía la vida en su poblado. Layla recorría los recuerdos a través de su pasado y de su presente, ilusiones y cicatrices que las palabras no podían abarcar ni describir.

Y una mañana sucedió lo que se temía. Segundos antes de morir, con sus manos cogidas, la madre abrió la boca convulsivamente, como si de un pez fuera del agua se tratara. Luego hizo un gesto débil, como de protesta, con su mano. Suspiró y se desplomó. Y es que la muerte no decide, simplemente se detiene en alguien.

La madre de Layla se murió sin saber que se moría. Al día siguiente, ella se despidió de sus hermanos y regresó al lugar donde la dejó Said con su camión. Silenciosa y con el rostro impertérrito, languidecía en el trayecto de vuelta. Sus labios se volvieron finos y apretados. Sus manos reposaban firmes

---

[6] Láminas parecidas al hojaldre finas y dobladas.

sobre su regazo y la mirada se perdía al frente, fija en ninguna parte. Los recuerdos de su madre ardían dentro de ella. Pensó, como me dijo ella misma en una ocasión, que le gustaba más soñar la vida que vivirla.

XXIV

Cuando pasaron la frontera, Said la dejó cerca del puerto. Agradecida aunque abatida, Layla jamás olvidaría lo que aquel hombre había hecho por ella a cambio de nada. Se despidieron y cada cual tomó su rumbo. Sospecho que fue entonces cuando comenzó su nuevo peregrinar, como si todo volviera a empezar, aunque esta vez se encontraba mucho más derrotada y mayor.

En sus planes —si es que los tenía— no contaba con la repentina muerte de su madre. Seguía aturdida. No concebía que ya no volvería a verla ni que, en adelante, ya no podría recurrir a ella cuando la precisara. Ahora sí que la recordaba como a la mujer fuerte que fue, pese a ser delgada y bajita, siempre dispuesta a acometer todo lo que se le presentara. Lo mismo ordeñaba cabras que araba el huerto, cocinaba, cosía, vendía sus productos en el zoco, cuidaba de todos o encalaba nuestra casa antes de la llegada del verano. El trabajo no le asustaba. Sus hermanos y ella se sentían plenos y dichosos, sobre todo cuando el energúmeno de su padre desaparecía o se ausentaba por un tiempo. Entonces sus semblantes cambiaban y el ambiente de la casa pasaba a ser tranquilo y sosegado.

Layla me contaba que su madre tenía una bonita voz y que allá donde se encontrara, ya fuera la cocina o el patio, entonaba el repertorio de canciones de Farid Al Atrash, que tanto le gustaba. Además, se atrevía a demostrarles sus dotes de danzarina y les enseñaba a rezar, exaltando la figura del profeta

Mahoma. Sus hijos siempre la recordarían con la respuesta que ellos precisaban en su boca.

En las noches calurosas de verano que pasaban en el patio, después de degustar a aquellos pinchitos al carbón que ella aliñaba, la vida les sabía a eternidad. Bajo aquella luna llena como testigo, la misma que los alumbraba y acompañaba, su hermano mayor, que ya presumía de su incipiente y estrenada mayoría de edad, prendía y saboreaba la *sebsí,* cuyas profundas bocanadas de humo le jugarían tan malas pasadas.

En su cabeza se agolpaban muchos recuerdos, como cuando bajaban a pasar el día a la playa kilométrica de Miami, con sus dunas de arena fina, con aquella cesta de comida que ella preparaba con esmero. Recordaba cómo, entre gritos y juegos, subían a las cimas para deslizarse por aquella arena caliente, los baños y los chapoteos junto a su madre, que se adentraba en el agua cogida de la mano de su hijo mayor, que era quien más confianza le daba, tal vez por lo fuerte que estaba. La madre respetaba mucho el mar. No sabía nadar, pero arremangaba su ropa y se sentaba en la orilla para buscar coquinas, siempre pendiente de todos sus hijos para que no se distanciaran mucho de la orilla. Llegada la hora de almuerzo, con su mano alzada para protegerse de los rayos de sol que la deslumbraban, vociferaba para que acudieran a comer. La playa les abría el apetito. El anafre ya estaba prendido y las brasas en su punto para asar aquellas sardinas plateadas y frescas. Cuando caía la tarde, regresaban a su casa después de aquel día maravilloso de playa, agotados pero satisfechos.

Layla lo había hecho muy bien. Permaneció a su lado hasta el último hálito de vida. Se pudo despedir de su madre y ese gesto la reconfortaba, hacía que su dolor fuera menos profundo. Estaba convencida de que el vínculo establecido entre ellas, ese hilo invisible que las unía desde que la llevó en su vientre, traspasaría cualquier barrera y jamás se rompería. Lo mismo le ocurriría después a ella con las hijas que le arrebataron.

En cierta ocasión me contó que ella y su madre fueron invitadas a la boda de una vecina que se casaba. Era la primera vez que Layla acudiría a una boda. Las mujeres se encontraban, como era costumbre y tradición, en la casa de la novia, mientras que sus hermanos, por ser hombres, lo hacían en casa del novio. Su madre se dejó la piel y la vista. Sacó un corte de tela que tenía reservado para una ocasión especial y cosió para Layla un traje espectacular. Era fucsia, con brillos dorados, adornado con lentejuelas y pasamanerías que resaltaban su piel morena. Le sentaba tan bien que fue la envidia de las jovencitas, que la miraban recelosas. La novia permanecía cubierta en un rincón del cuarto, rodeada del resto de mujeres, que cantaban canciones populares para la consagrada ceremonia de la henna. Animaban y acompañaban a la novia con bailes, comida y cantos mientras esperaban la llegada del novio, que la recogería, ya convertida en esposa, para llevársela consigo y emprender su nueva vida conyugal. Layla volvía a ser feliz cuando recordaba todos aquellos episodios vividos. Pese a la pérdida de su madre, sentía la necesidad de evocar recuerdos alegres a través de aquella maldita loca que siempre la acompañó a lo largo de la travesía de su vida: su imaginación.

De no haber sido por la figura de su maldito padre, su vida habría tomado otros derroteros, estaba convencida. Habría permanecido en su casa y aunque pobres y humildes se las habrían ingeniado para salir adelante. Los tres, junto con su querida madre, eran más que válidos y suficientes. Una vez me contó que soñaba y deseaba que, en adelante, su madre muerta la visitara. La resguardaría de su desesperación y cuando la neblina de la vida la embistiera sería la única que despertara la poca confianza que le quedara. Se había ido una parte fundamental de ella y pensaba que era mejor vivir algo loca y morir cuerda. Siempre hacía por verme, sabía dónde y cómo localizarme.

Sin apenas mediar palabras, emocionada y agradecida, se abrazó a mí y de nuevo la vi alejarse.

No sé explicar por qué, pero esta vez la noté muy distinta. Agradecí su gesto y me impresionó su fortaleza al verla resurgir de nuevo de sus cenizas. Su vida discurría como una sucesión de aventuras azarosas imprevisibles. Luego la perdí de vista. Se sentía fortalecida, decía que era su madre la que le enviaba toda aquella fuerza para continuar en aquel mundo.

Estaba cansada, se sentía sucia y volvía a tener hambre después de varios días sin comer y vagabundear. Pensó en Dolores; era una buena mujer y quizá podría ofrecerle alguna solución. La calle le estaba pasando facturas que no alcanzaba a pagar y ella solo quería descansar. Se dirigió a la portería y la encontró junto a su hijo Rafalito, que entre babas y gritos agitaba aquel manojo de llaves que tanto lo entretenía. Le daba la bienvenida a su modo. Dolores se alegró al verla y le dio un riguroso pésame, abrazándola.

—¡En bendita hora te presentas! —exclamó.

Tenía que ausentarse urgentemente a un ministerio, pero no podía dejar solo a su hijo. Layla se sentó a su lado y él se puso muy contento al verla de nuevo. Lo entretendría y cuando se calmara tenía el permiso de Dolores para asearse. Le dejó una muda suya de la última vez que estuvo allí.

Una vez recompuesta y aseada, llamaron a la portería. Se trataba del nuevo cartero que había sido contratado para aquel distrito, ya que el anterior, Serafín, se había jubilado. Le entregó la correspondencia de toda la comunidad, que luego Dolores repartiría. Al acercarse, sostuvieron sus miradas, rozaron la piel de sus manos y saltaron alarmas.

XXV

Aunque la portería en la que vivía Dolores con su hijo era de escasas dimensiones, con buena voluntad se apañarían los tres. Desde que regresara de llorar la muerte de su madre, Layla ya llevaba una semana conviviendo con ellos. Se adaptaron bien. Dolores ya tenía esa edad en la que su gusto por la vida se iba apagando. Todo en ella era tan conocido, tan aburridamente repetido, que si no hubiera sido por su hijo Rafalito, que tanto dependía de ella, se habría dejado arrastrar por ráfagas de ideas macabras que le pasaban por la mente. Echaba en falta todos los días de su vida a su querido marido. A veces se reprochaba que era una traidora por haberle sobrevivido, aunque en el fondo Dolores estaba convencida de que no vivió en vano, porque ambos disfrutaron de una gran pasión. Se sintió muy querida por su hombre —de ese modo se refería siempre a él, porque sentía que le pertenecía en esta vida y en las venideras—. Su hijo nació muy enfermo por una mala praxis, pero aquello, más que separarlos, afianzó su unión. Acometieron su dificultosa crianza con total entrega, constancia y amor, codo con codo.

La llegada de Layla a sus vidas fue como un soplo fresco de vida. Madre e hijo se sentían más amparados con su presencia y Dolores notaba, desde su llegada, la cara de felicidad que se reflejaba en el rostro de su hijo. De alguna manera, consiguió salir de su hastío y de sus lamentos. Además, podía conversar con alguien en aquel reducido espacio. Las rodillas de Dolores cada vez se resentían más a la hora de fregar los pisos de aquel majestuoso edificio. En adelante, ese cometido pasaría a ser de Layla, al igual que sacar aquellos pesados cubos de basura.

Así, los días transcurrían sin sobresaltos, rutinarios pero plácidos y confortables. Una de las cosas que más le gustaban a Layla era ver llover a través de aquel ventanuco, por aquello de no mojarse y contemplar el espectáculo desde un sitio resguardado y cálido. Después de mucho tiempo, Layla consiguió abandonar del todo la calle. A partir de entonces, jamás vagabundearía ni se dedicaría a la mala vida. Siempre agradecida a Dolores, se sacaba sus perrillas fregando escaleras y portales de algunos edificios colindantes. Poco o mucho, pero suficiente para ella. Layla estaba contenta y se sentía orgullosa por el nuevo rumbo que dio su vida. No quería defraudarse ni defraudar a Dolores. Aprendió que una vida macabra entrañaba muchos peligros para la mente y el cuerpo.

Ahora sí la veía con asiduidad. Se convirtió en mi vecina preferida y volví a dormir a pierna suelta sabiendo que ella estaría cobijada, sin peligro alguno que la acechara. La conocí recién llegada a la ciudad, cuando éramos unas crías. Parece que fue ayer cuando la vi por primera vez en el parque, sola y atenta a nuestros juegos. Se la veía con tantas ganas de participar que me acerqué a ella y la invité a saltar a la comba. Ella aceptó enseguida, con la mayor de sus sonrisas y aquellos ojitos chispeantes. En ese momento supe que la quería a mi lado y que la amistad en mayúsculas se presenta en escasas ocasiones. Desde entonces fuimos cómplices y espectadoras de nuestras historias, tan distantes como distintas, pero auténticas.

Cuando nos encontrábamos en el descansillo, mientras se secaba el suelo, nos sentábamos en los escalones para contarnos cosas y gastarnos bromas. A veces subía el lechero, Cristóbal, que era muy nervioso y muy delgado, por no decir famélico. Tenía un tic que le obligaba a abrir y cerrar sin descanso los ojos. Aunque tenía días buenos, como soplara el levante se perdía entre muecas exageradas. Acostumbraba a anotar con el lápiz que siempre llevaba en su oreja las cuentas de los clientes. Luego las apuntaba en la pared estucada. Si Layla lo pillaba, la regañina estaba garantizada y le obligaba a borrar.

Desde que cambió su forma de vida y pasó a tener un techo en condiciones, su lustre e higiene eran exquisitos. La ducha diaria no le podía faltar y si sudaba mucho se daba dos en el mismo día.

Comenzó a visitar con más frecuencia a sus hijas. Las monjas y cuidadoras fueron testigos del cambio tan rotundo que se produjo en ella. Sus hijas celebraban cada visita suya. A veces se las dejaban para llevarlas de paseo por la ciudad y con el tiempo consiguió los fines de semana, aunque tenían que regresar después de la cena. Layla no veía el día en el que las tres pudieran vivir juntas, pero estaba convencida de que todo llegaría a su tiempo, porque se tenían que dar ciertas condiciones, de las que ella carecía.

Todas las noches, antes de acostarse, Layla hablaba con su madre y le rezaba como ella le enseñó. Le contaba sus logros conseguidos y los de sus hijas. Esta vez no se desesperaba, pues sabía que al día siguiente la esperaban sus niñas y eso era sagrado para ella. Se quedaba dormida con el «¡inshallah!» en sus labios, agarrada al retrato de su madre y a ese pañuelo que aún olía a ella y que no pensaba lavar nunca. Por una vez, Layla empezaba a tomarse muy en serio la vida, y ese era solo el inicio de aquel compromiso adquirido. Atrás quedaron las fatalidades por las que transitó. Ya ni se acordaba, quiso que se difuminaran por completo de sus pensamientos. Si las personas siempre la apreciaron en aquellas situaciones límite, ahora se alegrarían todavía más de su recuperación. Todos se volcaban con ella.

Desde que su Rafael murió, Dolores dejó de celebrar las Navidades. Ella y Rafalito se acostaban como una noche cualquiera. Pero como a Layla le gustaban tanto, decidió que en esas fechas la portería cambiaría de aspecto. Se encargó ella misma de la decoración. Compró un árbol navideño y un nacimiento pequeño pero muy completo, además de bolas y guirnaldas. Iluminó con lucecitas aquellos escasos metros, dándoles un aire acogedor. Por supuesto, no podía faltar una variada bandeja de dulces navideños. Un día que entré en el portal, el sonido de sus villancicos reinaba en todo el edificio. Ilusionada, me invitó a pasar para mostrarme su decoración. Me alegró su entusiasmo. Los vecinos las agasajaban con regalos para que tuvieran una buena celebración, incluyendo una botellita de Anís del Mono. En las sobremesas, una vez que la cocina estaba limpia y recogida, Layla y ella brindaban con una copita. Un año les llegaron a regalar un pavo vivito y coleando al que, con toda su disposición, Layla condujo a mejor vida. Después lo cocinó para la cena de Nochebuena.

Mientras se entregaba a sus guisos para que esa noche no faltara nada y fuera especial, sus hijas, que ya eran asiduas a nuestro barrio, jugaban con el resto de niñas en la calle y si hacía frío se metían en el portal a ensayar bailes o a jugar a los cromos. Cuando hacía sol, las niñas sacaban a Rafalito para que fuera testigo de sus juegos. Horas después cenarían todos juntos, algo apretadillos pero muy contentos. Esas noches navideñas sus hijas tenían permiso para dormir con su madre. ¡¿Qué más podía pedirle Layla a la vida?! Los villancicos sonaban en el tocadiscos del difunto Rafael mientras Dolores, emocionada por las letras y los recuerdos de su difunto, dejaba escapar alguna lágrima que otra. Layla alzaba su copa y brindaba. Siempre evocaba a su madre, ya que estaba convencida de que, desde allá donde estuviera, le mandaba fuerzas para salir adelante.

Sí, aguantó la vida con todas sus vicisitudes, como una jabata, y por fin llegó la hora de recoger los frutos madurados. Cuando miraba las caritas de sus hijas, se sentía capaz de levantar el mundo con sus manos. En esos precisos instantes de su vida era cuando empezaba a vislumbrar un poco de claridad en su camino. Ya se acabaron las dudas y los miedos. Layla empezó a descubrir energías y posibilidades que tenía escondidas y de las que nunca fue consciente.

Ella sabía que existía mucha gente herida vagando por el mundo, personas que, con tan solo un empujón desinteresado que les dieran, podrían salir de su propio agujero. Por ello, siempre agradecería a su amiga incondicional del quinto y a Dolores, la portera, todo lo que hicieron por ella. Supo disciplinar sus sentimientos, priorizarlos y razonarlos. Aprovechó aquel tren que paró justo a sus pies y se subió, libre de equipaje. Sabía que si había algo en esta vida que no tenía alternativas era quedarse parada y refugiarse en el fracaso.

XXVI

Los días seguían sucediéndose y la suerte de Layla empezó a rondarla más que nunca, esta vez de la mano del recién estrenado cartero que fue destinado a nuestro distrito. Una mañana que Dolores se ausentó de la portería porque tenía que hacer unos recados, Layla quedó al cuidado de su hijo y del edificio. Todos los vecinos la apreciaban. Layla era rápida y resolutiva, contaba con muchos registros. Era su naturaleza, siempre persuadía con su don de gentes.

El interior de la reducida portería lucía más coqueto y acogedor que de costumbre. Se notaba la mano de Layla en todos aquellos detalles. Las cortinas, compradas en el rastro y confeccionadas por ella, daban calidez a las paredes. Se las ingeniaba de mil maneras para que Rafalito, que esa mañana amaneció torcido y protestó más que nunca, desayunara. Para ello, empleó toda la paciencia del mundo. No le quedaba otra que tirar de su imaginación y convencerle con las fantasías que tanto le gustaban al chico. Lo mismo se metía en el papel de Mazinger Z con su «¡puños fuera!» que le cantaba el repertorio de canciones del programa infantil *La casa del reloj*. Solo así consiguió que Rafalito terminara su desayuno.

En aquel momento tocaron al timbre. Cuando abrió, notó una extraña sensación que la invadió. Era como si el retorno de su sangre se hubiera detenido en sus mejillas, que de pronto empezaron a arderle. Incluso empezó a titubear si intentaba vocalizar palabra alguna. Pero ¿a qué se debían aquellas sensaciones tan disparatadas? ¿A qué venía ese comportamiento? Pronto lo descubriría. Se trataba de Manuel, el nuevo cartero, que esperaba paciente al otro lado de la puerta.

Con rapidez, Layla le soltó su nombre. Y es que el amor no avisa, ni siquiera deja tiempo para arreglarse. Sin esperarlo, aquel sería el primer encuentro impactante. Manuel supo distender la situación. La notaba muy nerviosa y él no lo estaba menos. Era evidente que desde aquel primer encuentro se gustaron. Sin saber muy bien por qué, saltaron chispas, y cuando esa maravillosa casualidad ocurre no se puede calcular ni prever. Como dos meteoros en pleno universo que coinciden en la misma órbita, con la misma trayectoria y dirección.

Se sentaron en el escalón de mármol de aquel portal, cuyo techo estaba completamente tallado en madera. Él hablaba y hablaba, sin pausa alguna. Su estado sorpresivo e inquieto le delataba. Daba la sensación de que se conocieran de toda la vida y Layla, embelesada, lo escuchaba con atención y lo observaba con detenimiento. Le gustaban sus manos, grandes y fuertes, y cómo las movía conforme hablaba, como un delicado instrumento del que se servía en sus aseveraciones. También reparó en sus pequeños ojos azules, rebosantes de vida y bondad. Mientras tanto, Rafalito se entretenía con los dibujos de *Tom y Jerry*.

El tiempo a su lado se le pasó volando y eso debía de ser una buena señal. Jamás la persuadió un hombre de forma tan vertiginosa. Al cabo de unos minutos se despidieron. Él tenía que seguir con la ronda de su reparto. Antes de marcharse, le propuso que se vieran el sábado, cuando libraba, y la invitaría a merendar. Layla, que esta vez no deseaba precipitarse para no echarlo a perder, quedó en contestarle a la mañana siguiente. Lo vio alejarse con la cartera al hombro y su cuerpo algo inclinado hacia el lado derecho por el peso de la misma. Lo siguió con la vista hasta verlo desaparecer en la esquina. Le gustaban sus hechuras y el arco que se dibujaba entre sus piernas. Un instante antes de doblarla, se giró y la saludó, sonriente, con su mano grande abierta. Layla siguió con sus quehaceres, pero de su pensamiento no se iba la imagen de Manuel.

Cuando llegó Dolores, se la encontró terminando de adecentar la portería con la música de Los Chichos a todo gas. De vez en cuando, agarrada a su escoba, daba unos zapateos por rumbas. Estaba contenta, sobre todo, por haber recuperado a sus hijas. Por fin volvía a tener ilusiones y planes. Ganas de vivir, en definitiva. Mientras tanto, la vida en esa calle céntrica transcurría con su ajetreo cotidiano. La regadera municipal, con su caudal de agua, refrescaba los adoquines de piedra anunciando la primavera incipiente.

Cuando acababa de fregar el edificio al completo, a Layla le gustaba baldear la acera amplia de su portal. Ese gesto, me contó en una ocasión, le traía recuerdos de su infancia, de cuando su madre lo hacía a diario en la puerta de su casa. Entregada a su labor, entablaba conversación con la señora Rosita, la propietaria de la mercería de al lado. Era muy fan de la radionovela del momento, *Lucecita*, y sufría por las desavenencias y los obstáculos que la protagonista se encontraba en su camino. Ahora que lo pienso, al hacerla tan suya, creo que la mujer confundía la ficción con la realidad.

A Layla le gustaba aquella calle tumultuosa, transitada por gente tan variopinta como, por ejemplo, Venancio, el afilador, que con un silbato aflautado vociferaba anunciándose, o las empleadas domésticas que acudían a su reclamo con cuchillos y tijeras en mano. Sobre todo recuerdo a una de ellas, Paquita, que trabajaba en el segundo izquierda. Era guapa, morena y siempre iba uniformada como un pincel. Aprovechaba ese lapso de tiempo para encontrarse con su pretendiente, que estaba empleado de mozo en la mejor zapatería de la ciudad, Calzados Elche. Layla siempre se detenía en aquel escaparate. Le apasionaban los zapatos, y si eran de tacón aún más, pero sabía que aquellos precios no estaban al alcance de su bolsillo. La vi muchas veces acercar su cara al cristal del escaparate. Posicionaba ambas manos a cada lado de su cara para observar los detalles del interior de la tienda. Le fascinaba contemplar la destreza con la que se movía el dependiente subido en la alta escalera de tijera, que sujetaba entre sus piernas. La cerraba y la abría con maestría, avanzando sin bajarse, buscando en las estanterías el número y el modelo de zapato que le había indicado el cliente. Sin duda, era toda una atracción circense.

También estaba la viuda del tercero, vestida siempre de negro riguroso, velo incluido. Con el rosario en mano, encaminaba sus pasos hacia el Sagrado Corazón para escuchar misa de doce. Otro singular personaje era Felipe, el panadero, un señor rollizo, embadurnado de harina, que se echaba el saco de aquel pan crujiente y caliente al hombro. Iba siempre ataviado con una camiseta de tirantes que dejaba asomar su frondosa pelambrera pectoral y alardeando de fortaleza y virilidad repartía el pan a domicilio. El roce de las barras crujientes en el saco y aquella mezcla de olor a sudor y a pan recién horneado se quedaron grabados en la pituitaria de los vecinos, junto con tantos aromas.

¿Y cómo olvidar a Andresito, pendiente cualquier chica que pasara, sin poder resistirse a sus encantos? Hacía ademán de perseguirlas con sus pasitos cortos y torpes. En ese instante, los gamberrillos de la calle aprovechaban para pisarle los pies y él se retiraba malhumorado. Las carcajadas estaban aseguradas. Ni medio segundo pasaba hasta que regresaba al lugar de los hechos.

Dolores, que era perra vieja en toda índole de asuntos, empezó a sospechar de la visita del cartero por la cara de entusiasmo con que le recibía Layla. Ella no tardó en contárselo. La portera le agradeció su confianza mientras Layla, con los ojos chispeantes, le relataba con todo detalle aquel encuentro sorpresivo que iluminó su semblante. Estaba pletórica, rebosaba vida y sus ojos, que de por sí ya eran grandes, se abrían como una balconada a su nuevo mundo.

Dolores tan solo le sugirió que no se adelantara ni corriera, que fuera con tiento, porque si tenía que ser para ella, así sería.

Desde que sus hijas volvieron con ella, la desesperación y la ansiedad de Layla se desvanecieron de su trayecto. No es que se hubieran apagado las pasiones ardientes; aún era joven y por esa misma razón no tenía prisa por vivir. Ya se encargaría de apagarlas el paso del tiempo. Más que amar, Layla necesitaba ser amada, verse estrechada por unos brazos fuertes. A Dolores le pareció estupenda la idea de que salieran a merendar.

Por las tardes Layla recogía a sus hijas. Paseaban por las avenidas, deteniéndose en los escaparates. Luego entraban en la pastelería que tanto les gustaba a las tres y salían con sus cuernos de merengues. Si precisaban de calzado, se lo compraba. Luego terminaban en el parque infantil, subiendo y bajando de todas las atracciones. Desde lo alto de aquel tobogán, ambas reclamaban la atención de su madre para que fuera testigo de sus descensos.

A la mañana siguiente, cuando Manuel volvió a aparecer, le confirmó que iría a merendar con él. Empezó a arreglarse a las cinco, una hora antes de su cita. No sabía qué ponerse. Los trajes se amontonaban sobre su cama. Indecisa, se dirigió a Dolores, que estaba viendo la tele, para que le aconsejara.

Al final eligió un traje estampado, de flores rojas y negras, que le quedaba como un guante y resaltaba su figura. Soltó su melena rizada y abundante, pintó sus ojos negros con *khol* y dio brillo a sus labios. Se veía bella, pero cuando se miraba al espejo sus ojos se desviaban hacia aquella cicatriz que le cruzaba el mentón, huella imborrable de la brutal paliza que le propinó aquel canalla. Lo que ella no sabía era que su cicatriz la hacía aún más interesante y atractiva.

Manuel pasó a recogerla con puntualidad. Layla se hizo esperar unos minutos mientras buscaba su bolso bajo aquella montaña de trajes, que luego recogería. Al verla tan guapa, él no pudo reprimir su admiración y no cesaron de salir de su boca todo tipo de elogios hacia ella.

Atravesaron la avenida principal hasta llegar a Los Candiles, la cafetería donde merendarían. Subieron a la primera planta, allí estarían más cómodos y charlarían con tranquilidad. Ambos pidieron un chocolate con churros, especialidad de la casa. Layla se encontraba tan a gusto que su inquietud se desvaneció por completo. Se prometió ser honesta y sobre todo ser ella misma.

No le ocultaría nada de su vida cuando Manuel le preguntara. Para bien o para mal, sería íntegramente ella.

El tiempo fluía deprisa mientras afloraba de nuevo aquella sensación de conocerse de toda la vida. No terminaban una frase cuando enlazaban otra. Pero también se quedaban en silencio. Hacían sus pausas para adentrarse en la profundidad de sus miradas, quizá porque tenían tantas cosas que contarse que no querían precipitarse.

Mientras merendaban, se acercó a su mesa un antiguo conocido de Layla, con el que en otros tiempos compartió su callejear. Lo saludó con la más absoluta tranquilidad y casi le ordenó que ocupara una mesa, diciéndole que el camarero le traería lo que deseara comer. No quería ocultarse de nada ni negar su pasado. Si ahora ella se encontraba allí con Manuel, en perfecta armonía, era precisamente por todo aquello por lo que había tenido que transitar y por haber sido capaz de emerger del mismo infierno.

Le explicó al atento cartero que había mucha gente herida vagando en el mundo, que por desgracia conocía muy bien ese escenario lúgubre y la miseria de quienes lo habitaban. Llegó a observar, con vana compasión, el lado más oscuro de lo humano, aunque en su mirada no quedaría vestigio de resentimiento alguno. Se apresuró a contarle la reciente muerte de su adorada madre. También le habló de sus hijas.

Manuel le explicó que vivía solo y que tuvo una larga relación con María, que en cuestión de cuatro meses enfermó y murió. Desde entonces su vida quedaba reducida al cuidado de su perro, al trabajo, que tanto le gustaba porque se relacionaba con mucha gente, y a su único amigo, Julián, que era bombero.

También le contó que solía ir de pesca en sus ratos libres y la puso al tanto de su gran pasión, el cine. Le habló de la última película que le fascinó, *El padrino,* cuyo protagonista principal, Marlon Brando, era uno de sus actores preferidos. Le explicó que tenía una única hermana, que vivía en la península, y que se veían en escasas ocasiones. En definitiva, se definió como un hombre tranquilo.

Sin que se dieran cuenta, el tiempo se les echó encima. Cuando miraron el reloj habían transcurrido más de tres horas. Fue a la salida de la cafetería cuando Manuel, atraído por el deseo que le suscitaba Layla, la tomó de la mano. Y así, con sus manos entrelazadas, la acompañó hasta su portal.

XXVII

Aquella noche ella sentía que flotaba entre sus sábanas. Tenía la costumbre de dormir agarrada a su almohada, pero en esa ocasión se aferró a ella con más fuerza. Se imaginó entre sus brazos y se sintió poderosa ante sus logros.

Era consciente de su control. Al fin dominaba las situaciones y agarraba el timón de la vida. En su mente se le agolpaban ráfagas de imágenes: escenas de aquellos juegos infantiles con sus hermanos, la voz de su madre llamándola para el almuerzo, las caritas alegres de sus hijas cuando se encontraban y saltaban para abrazarse a su cuello, las primeras Navidades con sus hijas, Dolores y Rafalito en aquella minúscula portería y ahora la imagen nítida y apasionada de Manuel. Todas ellas tenían cabida en su memoria. Tan solo conmemoraba los recuerdos agradables. Los otros, los que eran corrosivos para su alma, los desterró por completo. Así, noche tras noche, alcanzaba el plácido sueño sin necesidad de súplica.

Una de las últimas veces que nos encontramos me contó que adoptó la costumbre de dar gracias a su madre y a la vida todas las mañanas, en cuanto ponía los pies en el suelo. Nada temía ya, porque aprendió que un buen día las cosas maduran y responden de repente. Después de su ritual tomaba su café, bien cargado, y empezaba con su tarea diaria, siempre acompañada por la música de la radio. Luego, a media mañana, esperaba a Manuel para volver a desayunar con él. Se contaban sus quehaceres diarios y Layla siempre tenía ocurrencias que Manuel recibía con risas. Anécdotas de los vecinos de su calle, cuyos gestos imitaba tan bien mi amiga, con ese toque de humor tan especial.

Layla no se atrevía a decir que lo que sentía por Manuel era amor. Ella siempre había pensado que el amor era un lujo que solo se permitían los de clases sociales más altas. Le gustaba llamarlo pasión, bondad, unión, respeto, deseo o admiración. Todos esos conceptos eran más acertados que la simpleza del amor, que tan mitificado estaba y tan ñoño le sonaba. Se recordaba a sí misma que el exceso de amor era una gran equivocación, que se desvanecía enseguida y siempre acababa mal.

Aquella mañana recordó que tenía que acercarles material escolar a sus hijas. Cuando hablaba con la monja que era la tutora de su clase, esta le contaba que las niñas eran disciplinadas e inteligentes y que avanzaban con corrección en los logros. Layla salió del colegio muy orgullosa. Luego pasó por el mercado central. Sabía que los lunes no eran idóneos, pero precisaba de verduras para el potaje. El mejor día de plaza era el jueves. Los puestos de pescado rebosaban, era el día que traían todo el pescado recién capturado. Los peces, aún vivos, coleaban en pleno mostrador.

El tumulto de gente que se agolpaba en aquel mercado provocaba un murmullo ensordecedor. Los distintos aromas se entremezclaban. Pescados, carne, aquellos pollos vivos que elegías y que mataban en directo, las verduras recién recolectadas, aquel olor de té moruno humeante, con aromas de hierbabuena, que el del cafetín repartía entre los tenderos de los puestos. Y no faltaba el olor a especias, que flotaba en el aire y que te envolvía. A todo eso y a más olía aquel mercado. Luego estaban aquellos trasiegos de las camionetas que descargaban las corvas rebosantes de todo tipo de hortalizas, impregnadas de gotas de rocío, y aquella infinidad de frutas frescas de temporada; o el menudeo y el regateo, que los nacidos en mi ciudad adoptábamos como si de una comunión se tratara en cualquier ámbito comercial y allá donde estuviéramos. En cualquier lugar de la península los usábamos, aunque se quedaran perplejos.

Mohamed, un chico de apenas doce años, se ofrecía a ayudarla con la pesada compra. Durante el trayecto a casa, conversaban. A Layla le interesaba su vida: si tenía padres, cuántos hermanos eran o dónde vivía. El chico, de gran fortaleza física pese a su corta edad, era algo tímido. Cuando empezó a tratarla, de su boca solo salían monosílabos tajantes. Pasado el tiempo, fue tomando confianza. Más relajado, se explayaba en sus historias, contándole las circunstancias tan difíciles y adversas que lo rodeaban. Eran pobres y por aquel entonces costaba mucho poder llevar un trozo de pan a casa. Cuando llegaban a la portería, Layla le hacía un buen bocadillo, con refresco incluido, y le pagaba con generosidad.

Al cabo de un rato aparecía Manuel, con su cartera al hombro, pero cargado también de planes e ilusiones. Sería muy importante para ambos mantener la mecha de la pasión encendida y tendrían que esforzarse a diario para conseguirlo. Desayunaban con tranquilidad. Pronto empezaron a adoptar el lenguaje íntimo de las parejas, en el que una simple mirada podía sustituir a una frase y a un silencio. Para Layla, sus hijas dejaron de ser agujas clavadas en su corazón para convertirse en su alegría y razón de existir, y Manuel ya sabía de todo el calvario por el que pasó.

Aquella mañana se despidieron ya con besos prolongados, de verdaderos amantes. Por la tarde recogerían a las niñas en el colegio y Manuel las conocería. Cuando llegaron al centro, él se quedó rezagado, posicionándose por detrás de Layla mientras esperaban a las niñas. Si Manuel tenía algo que Layla admiraba, era el temple ante situaciones adversas, la forma de enfrentarse a los asuntos con calma y su capacidad para ir resolviéndolos sin adelantarse a los acontecimientos.

Sus hijas, al verla, corrieron con el entusiasmo de siempre hacia su madre, pero la mayor de ellas, Yonaida, aminoró el paso ante la presencia de aquel extraño. Aunque ya lo conocían por lo relatado por la madre, nunca lo habían visto. La pequeñita, Soraya, más elocuente y desinhibida que la hermana, se dirigió a él sin prejuicio alguno e incluso se agarró al cuello de un brinco. Mientras tanto, Yonaida, más desconfiada, paseaba silenciosa al lado de la madre. Hacía un día espectacular, en el que esa luz rifeña se reflejaba sobre nuestra ciudad.

Se dirigieron hacia el parque de sus juegos, pero antes compraron unos helados y se sentaron en uno de los bancos del paseo central, que se disponían, unos tras otros, en hileras casi infinitas a cada lado del mismo. Para acceder a ellos y poder sentarte tenías que subir un escalón y estaban divididos en dos partes, separadas por un respaldo. No sabría decir con exactitud de qué material estaban hechos. ¿Tal vez de granito? Lo que sí puedo afirmar es que eran cómodos, que en verano eran frescos y en invierno, acogedores. De tal forma se acomodaron que la mayor quedó en el lado opuesto de Manuel mientras Layla, con la pequeña Soraya, acudía al carrillo. Fue en ese instante cuando Manuel, tirando de tácticas sutiles y conocedor, como buen cinéfilo que era, de las películas del momento, empezó a hablarle a Yonaida de la película de moda, *Grease*. Fue todo un acierto, pues Yonaida, que la había visto mil veces y ensayado sus coreografías otras tantas, entabló con él una agradable conversación sobre la misma. A partir de entonces la confianza entre ellos quedó establecida.

Al día siguiente, Manuel las invitó a almorzar y cuando llegó la hora las dejaron en su colegio. Él fue testigo directo del desasosiego que Layla mostraba cuando se separaba y se despedía de ellas. En el fondo, Layla arrastraría de por vida aquel desarraigo. Pasearon por la ciudad en silencio, cogidos de la mano. Layla, más que de amar, tenía la necesidad de ser amada y por qué no de sentirse querida como una niña que busca protección entre unos brazos fuertes. Nunca la consintieron ni la mimaron en toda su vida. Juntos miraban el paisaje de las escolleras, donde se divisaba a lo lejos la ciudad que la acogió y a la que tan agradecida estaba. Las aguas turquesas permanecían en calma, cuando de pronto irrumpió en ella una nostalgia que le invadió el corazón.

Layla depositó en Manuel toda la confianza, esta vez segura de no sentirse defraudada. Todas las vivencias, aquellos desechos del alma que no se atrevía a decir en voz alta, por vergüenza, desaparecieron. Esta vez se armó de valor para confesárselos a Manuel.

De ahí en adelante no quería guardar más secretos en ella. Se liberó al soltarlos, sin ser cuestionada por él lo más mínimo. Aunque pareciera una incongruencia por la vida que arrastró,

Layla era una de esas mujeres que solo tenían ojos para un hombre. Los demás no existían. Aquel era, ni más ni menos, el reconocimiento mutuo de dos seres solitarios que se encuentran al final del camino, que deciden recorrer juntos, sin temer al futuro incierto.

XXVIII

Layla por fin consiguió la paz que anhelaba. A veces lo que no buscamos suele estar muy cerca. Ella sabía que, si se esforzaba como siempre, hallaría el dulce sabor de la vida.

Cada noche pensaba en su pobre madre. ¡Si pudiera verla ahora, estaría muy orgullosa de ella, de sus preciosas nietas y de verla acompañada de un buen hombre! Cuando apartaba estos pensamientos, regresaba a sus quehaceres diarios. En breve tendría que recoger las mantelerías de la señora del tercero, que llevó a almidonar.

Aquella mañana, al regresar de hacer los recados, vio una ambulancia delante del portal. Asustada, aligeró el paso. Dolores había sufrido un infarto e iban a trasladarla al hospital, pero poco se pudo hacer, porque falleció en el mismo trayecto. Layla sintió su marcha como si de su propia madre se tratara. Nunca olvidaría que fue ella quien le abrió las puertas de su casa y le brindó oportunidades a cambio de nada. No dudó lo más mínimo cuando le extendió su mano.

Rafalito se quedó solo en el mundo. Layla se hizo cargo de él por un tiempo, hasta que las monjas de la caridad lo recogieron en sus dependencias, puesto que requería de técnicas y de cuidados que solo ellas podían ofrecerle.

Los vecinos, en junta de propietarios, acordaron que la portería sería regentada por Layla, por su buen hacer y por la confianza que ella solita se había ganado. La vida seguía su curso sin detenerse. Layla se sentía muy agradecida con toda la vecindad por el gesto que le demostraron. Aquella portería pasó a ser el hogar soñado para sus hijas y para ella.

Uno de los vecinos más influyentes del edificio, que tenía mano en los ministerios, se encargó de los trámites para que Layla anduviera con total tranquilidad por la vida. Para que todo estuviera en regla y pudiera sacar a sus hijas de aquel colegio, le hicieron un contrato. Por fin recuperó la custodia de sus hijas.

Entre las tres le dieron un cambio rotundo a la portería. La vaciaron por completo, arreglaron los desperfectos, la pintaron y la adecentaron. El habitáculo tendría unos treinta metros cuadrados y era en la entrada del mismo donde hacían la vida. Constaba de una salita, una pequeña cocina y un cuarto de baño, pequeño pero completo. Dentro, dos habitaciones. La más pequeña sería para ella y la más amplia, para sus hijas. La decoraron con entusiasmo y alegría. Layla se repetía hasta la saciedad que los sueños, si son constantes, se hacen realidad, porque cuando has perdido todas las esperanzas es cuando pasan las cosas buenas de la vida.

Cosió unas alegres cortinas y la música sonaba siempre desde bien temprano. Las hijas continuaron yendo a su colegio, pero al finalizar las clases regresaban contentas al hogar y a la madre de la que nunca debieron separarse. Todas estaban convencidas de poder recuperar el tiempo perdido.

Algunas tardes visitaban a Rafalito, que se alegraba de verlas, y cuando hacía buen tiempo lo paseaban por el parque. Había fines de semana que cruzaban la frontera con toda la tranquilidad del mundo, porque ya no temían nada. La documentación estaba en regla y podían visitar a tíos y primos, que eran algo más pequeños que sus hijas. Layla pudo regresar a sus raíces, al poblado que tan buenos recuerdos le traía, a los pies del monte Gurugú, que había sido testigo de su infancia. Entonces notaba la presencia de la madre entre ellos. Las niñas correteaban, sin parar de jugar desde que amanecía, felices y plenas, mientras el resto de la familia se sentaba a conversar, saboreando un buen té.

La vida se apaciguó. Layla consiguió reconciliarse con el mundo y encontrarse serena. Era consciente de la brevedad de la vida. Era verdad que esta era corta y la muerte, cierta. Deseaba a Manuel, le quería con humildad, sin caer en egoísmos.

El tiempo transcurría y Layla con él. Ahora era consciente de que todo era muy distinto a como creía cuando era joven. Llegó el invierno y con él las lluvias. Aquel murmullo inquieto caía sobre la ciudad vacía mientras ella tan solo deseaba descansar en su hogar, con los suyos. A menudo se recordaba que lo había visto casi todo en la vida.

Layla alcanzó la vejez rodeada de nietos y de su compañero Manuel. Ya no había lugar para renuncias, todo era tranquilidad y sosiego.

FIN

Índice

Sobre la autora

Malena Sancho-Miñano Botella nació 1962 en Melilla. Creció y desarrolló su vida siempre a caballo entre esta ciudad española norteafricana y su querido Marruecos. Ejerció la carrera profesional de enfermera en el Ministerio de Defensa, compaginando en todo momento esta labor con la literatura. Durante cinco años cursó estudios de narrativa en un taller literario, donde escribió un amplio repertorio de relatos. Asimismo, colaboró con asiduidad en revistas y suplementos literarios. *Geografía de la nostalgia* es su primera novela publicada, aunque, a buen seguro, no será la última.